QUE ACABA DE PASAR?

THE EMOTIONAL MENU

QUE ACABA DE PASAR?

Descubriendo las verdades ocultas detrás de los momentos desconcertantes de la vida a través de la narración de historias.

LUZ MARIA VASQUEZ

i izziocity
www.izziocity.com
Atlanta, Georgia

CONTENIDO

AGRADECIMIENTOS

A todos mis amados hijos –

Jacob, mi mentor espiritual;
Héctor, el sostén de la familia y proveedor material.
Adriana, mi asesora de negocios
y la inspiración detrás de mi decisión de escribir.
Rachael, un alma poderosa e inteligente.
Marco, un sabio y tranquilo solitario, como yo,
cuya historia, no contada, anhelo escuchar.

En memoria de mi Madre fallecida, quien vivió 92 años llenos de vida.

A Martha, mi hermana, mi inspiración y mi gurú de la salud.

Anne, mi jefa, quien creyó en mí, confió en mis habilidades
y estuvo a mi lado en momentos difíciles.
Su liderazgo, sabiduría y amabilidad han guiado mi camino,
y estoy profundamente agradecida por su apoyo.

Un reconocimiento especial para mi nuera, mi compañera inquebrantable en
todas las aventuras.

Gratitud a los lectores y narradores que se atrevieron a compartir sus
historias.
Estoy orgullosade cada uno de ustedes; ¡sigan contando sus historias!

Con mucho amor para todos.

INTRODUCCIÓN

Que Acaba de Pasar?

De niña, la vida parecía sencilla y sin complicaciones, a pesar de carecer de baño, agua potable y electricidad.

Un día, mi familia tomó la decisión de migrar a los Estados Unidos. Yo tenía 14 años cuando iniciamos el viaje. Nos establecimos en Tijuana, en la frontera entre México y EE. UU. Cada uno de mis hermanos esperaba su turno para cruzar. El costo era elevado, y éramos muchos. Mi mamá cruzó primero con mis dos hermanitas. Cuando llegó mi turno, mi mamá insistió en que mi hermano mayor me acompañara para protegerme.

Sin embargo, durante el cruce, nos perdimos de vista. Terminé en manos de varios hombres que, supuestamente, estaban encargados de "protegerme." La situación era sumamente peligrosa, y tuve que luchar para evitar el abuso.

Cuando finalmente llegué a mi destino, la casa donde me encontré era hermosa y acogedora al principio. Sin embargo, pronto tuve que pelear por mi seguridad casi todas las noches, ya que el abuso se volvió inevitable. Estaba en un país extranjero, luchando con un idioma y cultura nuevos, y tratando de sobrevivir nuevamente a mi entorno.

A los 18 años, tuve a mi primer hijo, un niño. Para facilitar la vida, acepté un matrimonio sin amor, que eventualmente terminó en divorcio. Me casé de nuevo y pronto me divorcié otra vez. Para ese momento, ya tenía cuatro hijos más: dos niñas y dos niños.

Más adelante, me casé por tercera vez, pero ese matrimonio también terminó en divorcio. Ahora, siendo madre soltera y trabajando como mesera para salir adelante, la vida empezó a sentirse agobiante. Me preguntaba si habría alguna forma de hacerla más llevadera. Pasaba mucho tiempo reflexionando, siempre cuestionándome por qué todo parecía tan difícil. Llena de dudas e inseguridades, me preguntaba si en verdad existía una manera de aliviar la carga.

Entonces, en mi momento más difícil, algo inesperado sucedió que me hizo replantearme todo. Estaba sentada, confundida, sintiéndome atrapada, como si estuviera enjaulada, recordando el momento en que mis hijos y mi exesposo se alejaron de mí. Me sentía sin esperanza, llena de desesperación.

Para tratar de sentirme mejor, escuché a mi orador favorito, el cual dijo algo que me impactó profundamente: "Si quiero ser libre, debo ser yo misma, y si quiero ser yo misma, debo ser libre.

Esas palabras me hicieron saltar de mi asiento, porque en ese instante comprendí que, en algún momento de mi vida, había perdido mi identidad. Había perdido la noción de quién era.

En mi mente, resonó una voz que decía: "Estoy perdida, atrapada en un laberinto sin salida. Estoy perdida. ¿Pero perdida en qué?" Decidí plasmar mi vida en papel, como si estuviera intentando descifrar un código. Escribí y analicé cada decisión que tomé y cada experiencia que viví, cuestionándolas una por una.

Mientras más profundizaba, más claro veía dónde, cuándo y cómo me había perdido en mis propias emociones no resueltas, creencias limitantes y miedos que contribuían a esos momentos de pérdida de control.

Me di cuenta de que esas emociones no resueltas me tenían atrapada. Desde niña, había desarrollado creencias como: "No soy valiosa, no soy deseada, no pertenezco" y "No soy suficiente."

Cuando algo desconocido activaba estas creencias, experimentaba momentos inesperados de "¿qué acaba de suceder?": instantes de confusión repentina en los que me sentía desorientada. Estos episodios me dejaban perpleja, tratando de entender qué había pasado y por qué mi estabilidad emocional se había desmoronado.

Al identificar los desencadenantes (factores del medio ambiente que despiertan recuerdos guardados en la memoria), me di cuenta de dónde estaba realmente perdida: en mis propias emociones no resueltas, formadas por creencias que no eran ciertas, pero que había inventado cuando era niña. Estas creencias me llevaron a convertirme en una persona temerosa, con miedo de actuar y de expresarme.

Mientras más profundizaba en mis descubrimientos, más ligera me sentía. Cuanto más ligera me sentía, más lograba; y cuanto más lograba, más feliz era. Poco a poco, la vida comenzó a volverse más sencilla y llevadera.

Al finalizar la lectura de ¿Qué Acaba de Suceder?, espero que tengas una comprensión más profunda de qué son los desencadenantes y cómo identificarlos. Reconocer tus desencadenantes es un paso fundamental para descubrir las creencias que creaste sobre ti mismo durante tu infancia. Estas creencias, muchas veces ocultas, suelen hacer que emerjan emociones no resueltas.

Recuerda que este viaje es para explorar y sanar esas partes de ti mismo, y quiero que sepas que estoy contigo en cada paso del camino.

No puedo esperar a ver cómo dejas atrás tus cargas, cómo recuperas tu vitalidad, encuentras a tu alma gemela, mejoras tus relaciones y te llevas mejor con amigos, familiares y compañeros de trabajo, o alcanzas cualquier otra meta que anhelas en tu vida.

Las posibilidades son infinitas. Este libro, ¿Qué Acaba de Suceder?, no es simplemente una colección de palabras encuadernadas; es una invitación a iniciar un viaje de autodescubrimiento y empatía. En estas páginas, encontrarás reflejos de tus propias alegrías y tristezas, reflejadas en las experiencias de otros viajeros.

Con Empatía y Amor,

Luz Maria Vasquez

I

EN BUSCA DE RESPUESTAS

CAPÍTULO UNO:
UNA BÚSQUEDA INCANSABLE DE RESPUESTAS

¿Alguna vez tú, o alguien que conoces, ha vivido un momento de total desconcierto, sintiéndose confundido y sin saber qué acaba de pasar?

En algún momento, muchos de nosotros hemos experimentado momentos de confusión y desconcierto. Nos enfrentamos a emociones difíciles de entender mientras tratamos de dar sentido a lo que ocurre. Es como si nuestra mente estuviera intentando armar un rompecabezas complejo, pero con piezas esenciales que parecen faltar.

A estos momentos se les puede llamar 'momentos desconcertantes' o 'situaciones confusas.' O, en términos sencillos, es un momento de '¿Qué Acaba de Suceder?'

Para ilustrar este punto, examinemos a los personajes Lucy, Mia y Johnny.

En un acogedor café, bajo los cálidos rayos del sol, conversaban amigablemente. El lugar tenía un ambiente encantador, lleno del alegre murmullo de los demás clientes y del irresistible aroma del café recién preparado. Alrededor de una mesa redonda, los tres disfrutaban de sus bebidas, inmersos en una conversación animada. Pero, de repente y sin previo aviso,

Mia se levantó y se marchó abruptamente, sin decir una palabra.

Sin saber la razón detrás de la repentina partida de Mia, Lucy y Johnny se miraron y exclamaron al unísono: '¿Qué fue eso?' Lucy, preocupada por Mia, decidió buscarla para desentrañar el significado de '¿Qué acaba de suceder?'. Finalmente, Lucy encontró a Mia sola en su coche, llorando desconsoladamente.

Lucy se acercó y le preguntó: 'Mia, ¿qué pasó?' Entre sollozos y con una voz temblorosa, ella respondió: '¿Qué pasó? ¿No lo sabes? Organizaste una fiesta e invitaste a todos nuestros amigos, excepto a mí. Me dejaste fuera.'

¿Por qué eso afectó tanto a Mia? ¿Por qué se sintió tan ofendida? ¿Qué hay detrás de todo esto y cuáles fueron las palabras exactas de esa conversación que despertaron sus emociones? Estas preguntas, y muchas más, serán respondidas a lo largo de esta publicación.

Es evidente que Mia probablemente está lidiando con emociones o pensamientos negativos. Muchos de nosotros enfrentamos este tipo de luchas internas, ya que es común que los pensamientos y emociones negativas surjan de los diálogos internos que mantenemos en nuestra mente. A menudo, estos diálogos incluyen frases autocríticas que se repiten como un eco y que terminan moldeando nuestra percepción de nosotros mismos:

- No soy lo suficientemente inteligente.
- No merezco.
- No soy digno de ser amado.
- Soy inadecuado.
- No valgo.
- No soy deseado.

Estas creencias negativas parecen interminables, y nos abruman con tristeza, infelicidad y falta de motivación.

Con el tiempo, estos pensamientos pueden erosionar nuestra autoestima, dañar nuestras relaciones y minar nuestra confianza. En entornos sociales, pueden provocar torpeza y vergüenza, alejándonos de conexiones significativas.

También agotan nuestra energía, dejándonos exhaustos y buscando consuelo en formas que tal vez no nos sanen realmente.

¿Cómo suele la gente lidiar con estos sentimientos abrumadores y pensamientos negativos?

Algunos recurren a comer en exceso o a darse atracones, mientras que otros prefieren distraerse con juegos en el teléfono o películas. Hay quienes optan por dormir todo el día, pasear solos por el parque o incluso aislarse en una habitación oscura.

En casos más extremos, algunas personas recurren a prácticas dañinas, como el uso de pastillas, alcohol o drogas para escapar de sus penas y sentimientos de insuficiencia. Aunque buscar alivio puede brindar un respiro momentáneo, suele ser algo pasajero, ya que las emociones negativas resurgen al retomar las actividades cotidianas. Este patrón se convierte en un círculo vicioso, donde las mismas emociones negativas se repiten una y otra vez.

Un día, comencé a notar que, de vez en cuando, experimentaba momentos incómodos, luchaba con ansiedad o angustia, o simplemente me veía atrapado en un ciclo de pensamientos negativos. Pronto entendí que no estaba sola en esto, ya que muchos enfrentamos dificultades similares.

Estas interrupciones emocionales comenzaron a interferir en mi día a día, dificultando mi capacidad para avanzar, dar lo mejor de mí y lograr mis objetivos. También me impedían desarrollar relaciones profundas, disfrutar la felicidad y cuidar de mi bienestar.

Al darme cuenta de que el solo hecho de estar consciente de estos desafíos no era suficiente, comencé a preguntarme, ¿cuál es el remedio? ¿Qué camino debo seguir para finalmente tener control sobre mi vida? Antes de buscar respuestas, es crucial reflexionar sobre nuestra experiencia y cómo enfrentamos las dificultades.

Dedica un momento para detenerte y reflexionar sobre tu propia vida. ¿El estrés está afectando qué áreas? ¿Puedes identificar momentos específicos que desencadenan angustia emocional? Piensa en cómo sueles lidiar con estos desafíos.

Mientras reflexionas, intenta responder la pregunta como si acabara de suceder:

"¿QUÉ ACABA DE SUCEDER?"

"¿CÓMO LIDIAS CON ESO?"

Mi incesante sed de respuestas, ese ardiente anhelo de conocimiento y comprensión, se convirtió en una fuerza implacable, guiando cada uno de mis pensamientos y acciones día tras día.

Después de un largo período de búsqueda, algo increíble sucedió.

Un día, mientras escuchaba a Bob Proctor, un reconocido autor canadiense de autoayuda y conferencista a quien considero un mentor, sus palabras captaron toda mi atención. Fue como si un bombillo se encendiera en mi mente. En ese momento, finalmente encontré la dirección que había estado buscando."

¿Qué fue lo que hizo este momento tan especial? Una frase que quedó grabada en mi mente. El orador declaró con profundidad: 'Si quiero ser libre, tengo que ser yo misma. Y si quiero ser yo misma, tengo que ser libre.' Al escuchar esas palabras reveladoras, tuve un momento de absoluta claridad. Comprendí que, para ser verdaderamente yo misma, debía ser libre.

Mientras reflexionaba sobre esas palabras, surgió una nueva pregunta en mi interior: ¿libre de qué, o de qué cosas? Entonces, el orador explicó cómo nuestras experiencias pasadas pueden atarnos y limitarnos, impidiendo que expresemos auténticamente nuestra verdadera identidad. Esto despertó en mí otra inquietud: ¿cómo puedo expresar realmente quién soy si estoy atada, limitada y restringida? ¿Qué significa estar atada de esta manera? ¿Cómo llegamos a esa situación? Y, lo más importante, ¿cómo se puede alcanzar la libertad necesaria para conectar con nuestro verdadero yo?

Conocerse a uno mismo no es solo saber nuestro nombre, origen o historia familiar; es un viaje más profundo para entender quiénes somos realmente. Esto significa explorar nuestros pensamientos, emociones, valores e identidad.

Al observar cómo reaccionamos ante emociones como el estrés, la alegría o la ansiedad, y reflexionar sobre nuestras creencias y comportamientos, podemos aprender más sobre nuestro carácter y crecer como personas.

Entendernos mejor nos ayuda a tomar decisiones que van de acuerdo con nuestros valores y metas. Nos permite romper con patrones que nos limitan y hacer cambios positivos en nuestra vida.

Al reconocer nuestras fortalezas, debilidades y lo que nos afecta, desarrollamos autoconciencia y resiliencia, lo que nos da fuerza para enfrentar los desafíos con confianza.

Además, conocernos a nosotros mismos fomenta la empatía y una comprensión más profunda de los demás. A medida que exploramos nuestras emociones y reacciones, nos volvemos más sensibles a las experiencias de quienes nos rodean, construyendo relaciones más saludables y compasivas.

El autodescubrimiento nos ayuda a crecer y cambiar para mejor. Nos libera de repetir los mismos errores, permitiéndonos vivir con autenticidad, tomar decisiones conscientes y crear conexiones reales con los demás.

Al comprender profundamente lo que nos hace humanos--nuestras emociones, creencias e implulsos internos-- podemos descibrir las verdaderas razones detras de nuestras acciones y comportamientos. Lo cual nos lleva a tener claridad sobre lo que nos sostiene e influye en la vida.

PRIMEROS ENCUENTROS
CON LAS DIFICULTADES DE LA VIDA

Al nacer, somos percibidos como seres completos, perfectos en nuestra esencia. Vivíamos libres: sin preocupaciones, sin juicios ni expectativas, abrazando una autenticidad pura.

No obstacle, al crecer, las cosas cambian. Las decepciones, los errores y los problemas comienzan a moldear nuestra percepción de nosotros mismos. Poco a poco, esa sensación de plenitud y autenticidad se desvanece."

Esas experiencias, ya sea no cumplir expectativas o atravesar momentos difíciles, pueden hacernos sentir incompletos, como si una parte de nosotros se hubiera perdido.

Comenzamos a percibirnos como un rompecabezas al que le falta una pieza esencial.

¿Por qué nos sentimos así? ¿Cómo logran los problemas y las decepciones hacernos dudar de nuestro propio valor? Para sentirnos completos, necesitamos que nuestra identidad sea vista, reconocida y valorada, ya sea en los grandes momentos de la vida o en las interacciones más simples.

A veces, incluso las experiencias más pequeñas al inicio de nuestra vida pueden dejar una huella duradera y afectar cómo percibimos nuestro valor personal. Las decepciones tempranas, aunque parezcan insignificantes, pueden hacernos sentir menos importantes o menos vistos. Estos momentos, a menudo pasados por alto, tienen el poder de cambiar nuestra percepción de nosotros mismos y sembrar dudas sobre nuestra valía."

Pensemos en Johnny, un niño de cinco años, que está a punto de enfrentar su primera gran decepción. Su historia nos muestra cómo esos momentos, aunque parezcan pequeños, pueden influir en nuestra forma de vernos a nosotros mismos y comenzar a cuestionar nuestra valía."

Un día, Johnny llegó a casa después de su primer año de escuela, lleno de emoción. Corrió directo al despacho de su papá con un papel en la mano y gritó: '¡Papá, papá, mira lo que tengo!' Pero su papá, ocupado con el trabajo, apenas levantó la vista.

Johnny insistió, esta vez más fuerte: '¡Papá, papá, mira lo que tengo!' La respuesta de su papá fue como un golpe: '¡Johnny! ¡Estoy ocupado! ¡No ahora! ¡Tienes que esperar!'" En ese mismo instante, Johnny sintió cómo si su corazón se rompía en mil pedazos.

Lo que esperaba con ansias era alegría, aprobación y una conexión especial con su papá. Sin embargo, en lugar de eso, recibió rechazo. Sus ilusiones se desvanecieron, y ese momento, que pudo haber sido feliz, se transformó en confusión, tristeza y soledad."

Ahora veamos otro ejemple.

Ahora conozcamos a Mia, una niña de cinco años que vivía con su

papá. Era alegre y juguetona. A pesar de su edad , Mia experimenta varios

desafios que le dejan marcas emocionales a largo plazo. A principios de sus años escolares era alegre y juguetona.

Pero un día, los otros niños comenzaron a burlarse de ella porque se veía diferente. Al principio, Mia no entendía por qué, pero pronto se dio cuenta de que no vestía como las otras niñas. Mientras las demás usaban vestidos, Mia llevaba ropa holgada. Esto cambio su punto de vista sobre si misma y sobre como los demas pudieran percibirla.

¿Que hacia a Mia diferente? Mia se sentia diferente porque la ropa que usaba era ropa holgada en vez de vestidos. Un día, le pidió a su papá que le comprara un vestido, pero él se negó, tal vez porque no tenía dinero. ¿Como se sition Mia? (Recuerde que se burlan de ella en la escuela por verse diferente.) Asi que esto dejó a Mia sintiéndose incomprendida y como si no encajara."

Para ilustras esto mas a fondo, consideremos el caso de Jimmy, un niño muy inteligente. Cuando era pequeño, su papá abandonó a su familia. Más tarde, su mamá se casó con un hombre que lo maltrataba fisicamente y con palabras hirientes. Este abuso dejó heridas profundas en Jimmy, afectando cómo se veía a sí mismo y su capacidad de confiar en los demás.

Un día, la mamá descubrió que él había obligado a Jimmy a destapar un inodoro usando solo sus manos. Imagínate a este niño pequeño, esforzándose por limpiar el inodoro, con sus manos en una situación que ningún niño debería enfrentar. Es dificil imaginar las emociones que Jimmy debió sentir en ese momento. No solo fue objeto de palabras hirientes y burlas, sino que también lo forzaron a realizar tareas humillantes.

Esto lo llevó a pensar que no merecía que se le entienda o escuche, y por lo tanto llego a la conclusion: "No soy querido." ¿Qué tienen en común estos tres pequeños, Johnny, Mia y Jimmy?

SIN DETECHO A AMOR Y CUIDADO

Johnny, Mía y Jimmy crecieron sintiéndose indignos de amor y cuidado.

Cada uno tiene una historia única, pero comparten una realidad profunda: vivencias que marcaron sus vidas y les impidieron expresar sus emociones. Sin un espacio seguro para liberarlas, aprendieron a reprimirlas, acumulándolas hasta que terminan manifestándose de formas dañinas. Pero, ¿qué significa esto para ellos—y para nosotros? Sus luchas nos revelan una verdad universal: entender y liberar nuestras emociones es clave para sanar, fortalecer nuestra autoestima y seguir creciendo.

Cuando nacemos, nuestros cuidadores nos ven como seres completos, sin fallas ni arencias. En esos primeros momentos de vida, no existe el miedo al fracaso, la insuficiencia o el rechazo, solo la alegría pura de ser.

Vivimos en un estado de inocencia, libres de juicios o la necesidad de ser validados. El amor y el cuidado que recibimos en esa etapa refuerzan esa sensación de plenitud, dándonos seguridad y aceptación incondicional.

Sin embargo, a medida que la vida avanza, esta sensación natural de plenitud comienza a enfrentar desafíos. Las decepciones, las expectativas no cumplidas y los fracasos—grandes o pequeños—empiezan a desgastar nuestra percepción de nosotros mismos. Estas experiencias pueden parecer insignificantes al principio: un comentario despectivo de un padre, ser excluido por los compañeros o no cumplir con las expectativas de los demás. Pero, con el tiempo, su efecto acumulativo puede ser profundo.

Cada momento de rechazo, cada expectativa no cumplida o deseo frustrado moldea la forma en que nos vemos. Comenzamos a cuestionar nuestro valor, preguntándonos si somos suficientes o si merecemos amor y cuidado.
Estas dudas se instalan en lo más profundo de nuestro ser, influyendo en cómo nos relacionamos con los demás y cómo percibimos nuestro propio valor.

Aunque sutiles, estas experiencias siembran semillas de inseguridad que crecen hasta convertirse en la lente a través de la cual vemos nuestra vida. Distorsionan nuestra relación con nosotros mismos y con los demás, alejándonos de la alegría pura y sin cargas que alguna vez conocimos.

Con el tiempo, se instala una sensación de vacío, como si nos faltara una pieza vital de nuestra identidad. Como un rompecabezas con espacios en blanco, nuestra percepción de nosotros mismos se fragmenta, y comenzamos a buscar validación, reconocimiento y pertenencia.

Para Johnny, Mía y Jimmy, este proceso comenzó desde temprana edad, dejando cicatrices emocionales que moldearon su autoestima y la forma en que percibían su propio valor. La historia de Johnny muestra cómo una decepción temprana puede dejar una marca duradera.

A los cinco años, llegó emocionado de la escuela para mostrarle a su padre un logro. Sin embargo, fue recibido con un frío: "Estoy ocupado. No ahora." En ese instante, su alegría y orgullo se transformaron en confusión y desconsuelo. Con el tiempo, esta experiencia plantó en Johnny la semilla de la duda sobre su valor, haciéndolo sentir que no era digno de amor ni atención.

Mía enfrentó desafíos desde pequeña cuando se convirtió en el blanco de burlas en la escuela por no usar vestidos como las otras niñas. Al principio, no entendía por qué la ridiculizaban, pero pronto se dio cuenta de que su diferencia la hacía sentir aislada.

Cuando le pidió un vestido a su padre, su negativa la hizo sentirse incomprendida y poco apoyada. La combinación de las burlas en la escuela y la falta de respuesta de su padre la llevaron a creer que no merecía amor y ceptación, profundizando su sensación de no pertenencia.

La historia de Jimmy es quizás la más desgarradora. Era un niño brillante e inteligente, pero su vida cambió drásticamente cuando su padre abandonó a la familia. Su madre se casó nuevamente con un hombre verbal y físicamente abusivo, quien descargaba gran parte de su crueldad en Jimmy.

Imaginen a un niño pequeño, obligado por su padrastro a destapar un inodoro con las manos desnudas. Hundiendo sus manos en la suciedad, no solo soportó la humillación física, sino también los insultos y el desprecio que lo acompañaban. El peso emocional de ese momento fue devastador. Jimmy internalizó la creencia de que no era digno de respeto ni cuidado. Llegó a la conclusión: "Si me tratan así, es porque no soy digno de amor."

Estas primeras experiencias de rechazo, humillación y maltrato llevaron a Johnny, Mía y Jimmy a reprimir sus emociones y cuestionar su valor. Cada uno, a su manera, interiorizó la ausencia de amor y cuidado, acumulando cicatrices emocionales que influyeron en su manera de verse a sí mismos y en su relación con el mundo. La incapacidad de expresar o procesar estos sentimientos creó un patrón de supresión que impactó profundamente sus vidas. Pero, ¿qué sucede cuando las emociones se reprimen por demasiado tiempo? Vamos a explorar las consecuencias de la supresión emocional.

CAPITULO 1

LAS REPERCUSIONES
DEL ABANDONO EMOCIONAL

Las emociones florecen cuando reciben atención y cuidado, y los sentimientos necesitan ser procesados a tiempo para el bienestar de una persona. Esto significa que las emociones se desarrollan de manera saludable cuando son reconocidas y validadas, y los sentimientos requieren ser abordados y gestionados a tiempo para evitar consecuencias negativas.

Cuando las emociones no son atendidas ni guiadas adecuadamente, en lugar de procesarse, tienden a reprimirse. Esta represión, si no se aborda, se convierte en un patrón crónico profundamente arraigado en la persona. Con el tiempo, las emociones reprimidas se acumulan, volviéndose cada vez más persistentes y pesadas. Permanecen latentes, afectando la vida de la persona hasta que reciben la atención y el espacio necesario para ser comprendidas y liberadas.

Para profundizar en el tema, examinaremos un artículo publicado en el blog de CALDA LINIC el 24 de enero de 2022. Esta interesante pieza, escrita por la doctora Claudia M. Elsig, aborda los peligros de reprimir las emociones y lleva por título 'Los peligros de reprimir las emociones.'

Al abordar la pregunta, "¿Qué significa reprimir las emociones?" explican que las emociones son reacciones naturales a lo que sucede a nuestro alrededor, incluyendo sentimientos como la felicidad, la tristeza y la ira. La represión emocional se refiere al acto de alejar deliberada o involuntariamente pensamientos y sentimientos angustiantes de nuestra conciencia.

Las personas suelen recurrir a distracciones, consumo de sustancias, comer en exceso o actividades físicas para evitar enfrentar estas emociones. Cuando esta evitación se convierte en un patrón sin un manejo adecuado, puede transformarse en un problema a largo plazo. En el caso de los niños, los eventos traumáticos no procesados o la falta de un espacio seguro para expresar sus emociones pueden llevar a una represión emocional persistente, dejando sentimientos latentes que permanecen a pesar de haber sido reprimidos.

¿Por qué reprimimos las emociones ? Las razones son muchas: evitar

sentimientos que no se consideran socialmente aceptables, ajustarse a las expectativas de los demás o sobrevivir en entornos difíciles. La represión emocional puede ser un mecanismo de defensa que nos ayuda a funcionar en el día a día, pero también puede derivar en ansiedad y depresión, especialmente en situaciones de trauma o abuso.

Reprimir las emociones puede tener efectos perjudiciales tanto a corto como a largo plazo en el cuerpo, manifestándose en problemas fisiológicos y psicológicos. A corto plazo, suele causar tensión muscular, mientras que a largo plazo la represión puede llevar a la ansiedad, depresión, enfermedades relacionadas con el estrés e incluso al abuso de sustancias.

Las investigaciones han demostrado que reprimir las emociones puede aumentar la agresividad y afectar negativamente la reactividad cardio-vascular, con vínculos a la mortalidad observados en varios estudios. Emo-ciones intensas como los celos, el miedo, la ira, la culpa o el remordimiento, cuando se reprimen, también pueden tener consecuencias serias, lo que resalta la importancia de reconocer y procesar las emociones para el bienestar general.

Después de pensar en lo que explica el blog sobre los efectos negativos de reprimir las emociones, es importante ver las dificultades que enfrentan las personas por esta represión. Esto muestra lo grave que puede ser para quienes tienen estos conflictos internos y los obstáculos que enfren-tan por sus emociones no procesadas.

Esto me recuerda algo importante que escuché en un programa de televisión: un personaje dijo una frase que nunca olvidé: 'el pasado afecta el futuro.' Esto quiere decir que lo que vivimos antes puede influir en lo que vi-ene después. Piensa en los grandes retos que Johnny, Mia y Jimmy enfrentan al lidiar con el impacto de sus experiencias pasadas.

Sus experiencias, como muchas de las que todos podemos vivir, pueden tener consecuencias que afectan nuestro futuro y bienestar. Ya sea el dolor del rechazo, la angustia de un abuso o la decepción de un 'no' rotundo, estos momentos pueden dejar marcas profundas en nuestro desarrollo emocional y psicológico.

Estas experiencias pueden dar forma a nuestras creencias, influir en nuestros comportamientos y afectar profundamente la manera en que nos relacionamos mientras avanzamos en la vida.

En un intento por comprender estas vivencias difíciles, especialmente a una edad temprana, los niños suelen llegar a conclusiones equivocadas.

Forman ideas, suposiciones o creencias sobre sí mismos, el mundo o la vida que no siempre son ciertas. Pueden pensar que no merecen ser amados, que el mundo es un lugar hostil o que la vida está llena únicamente de decepciones.

Estas creencias, formadas a partir de experiencias pasadas, pueden moldear profundamente la percepción de sí mismos y su forma de relacionarse con el mundo.

Por ejemplo, las intenciones y expectativas de Johnny se desmoronaron cuando su padre lo ignoró, desestimó y rechazó, dejándolo con una profunda sensación de invalidación.

Junto con sentimientos de ira, decepción, tristeza y vergüenza, la experiencia fue sumamente desalentadora, haciéndolo sentir no reconocido ni valorado. A pesar de su corta edad y su limitada capacidad para expresar emociones con palabras, Johnny internalizó dos creencias poderosas: 'No soy importante' y 'mi existencia no tiene valor.'

En respuesta, tomó una decisión firme: "Nunca más haré lo que me metió en problemas, y no compartiré mis logros con nadie." Estas conclusiones moldearon su visión de sí mismo y del mundo, ya que asocio compartir con el riesgo de rechazo y dolor emocional.

De manera similar, Mia ha sido privada de la capacidad de tomar decisiones por sí misma, ridiculizada e ignorada por su padre. Sus peticiones son vistas como insignificantes, dejándola con un profundo sentimiento de invalidez, malentendida y cuestionando su propio valor. Como resultado, Mia sacó la conclusión de que sus necesidades y su voz no importan, y que no tiene poder. Esta conclusión se grabará en su memoria, moldeando cómo re-accionará en situaciones futuras donde se sienta ignorada o sin importancia.

Asimismo, Jimmy enfrentó un trauma diferente en sus primeros años. Después de que su padre se fue, su madre se casó con un hombre abusivo que lo sometió a maltratos físicos y verbales, incluido un incidente humillante en el que lo obligó a destapar un inodoro con las manos.

Esta experiencia dejó cicatrices profundas en Jimmy, afectando su autoestima y dificultando que desarrollara un sentido saludable de su propio

valor.

Como resultado, Jimmy llegó a creer que no valía nada y que estaba a merced de la crueldad de otros. Esta creencia, arraigada en su memoria, influirá en sus reacciones en futuras situaciones donde se sienta humillado o controlado.

Las experiencias de Mia, Jimmy y Johnny, muestran cómo los eventos impactantes a una edad temprana pueden moldear las creencias fundamentales que tenemos sobre nosotros mismos y el mundo. Estas creencias, sean precisas o distorsionadas, influyen en cómo enfrentamos desafíos futuros y definen nuestro sentido de valor e identidad.

Pero, ¿qué es exactamente una creencia? ¿De dónde provienen estas convicciones y cómo se arraigan en nuestras mentes? En el próximo capítulo, profundizaremos en estas preguntas y descubriremos el poderoso papel que las creencias juegan en la formación de nuestras vidas.

CAPÍTULO DOS:

¿QUÉ ES UNA CREENCIA?

Según la Stanford Encyclopedia of Philosophy, los filósofos contemporáneos de la mente suelen utilizar el término "creencia" para referirse a la actitud que tenemos cuando consideramos que algo es verdadero o lo vemos como un hecho. Otras fuentes definen una creencia como una ercepción de la realidad.

El diccionario Oxford lo define así: una forma de ver, entender o interpretar algo; una impresión mental. Entonces, se puede describir una creencia como una manera de percibir o interpretar algo, una impresión que se forma en la mente.

La Guest House lo explica de esta manera: Tenemos tres tipos principales de creencias. Dentro de cada uno de estos tipos principales hay muchos subtipos diferentes. Primero, tenemos creencias sobre nosotros mismos. Segundo, tenemos creencias sobre los demás.

Y por último, tenemos creencias sobre el mundo que nos rodea. Nuestras creencias en cada una de estas áreas moldean nuestras percepciones y perspectivas, que a su vez dan forma a nuestra realidad.

Cuando examinamos nuestras creencias, las identificamos, las expresamos y descubrimos su origen, tenemos el poder de decidir nuestra realidad.

"La creencia es algo poderoso", dijo el luchador de MMA TJ

Dillashaw.

Las creencias son tan poderosas que pueden moldear cómo nos sentimos sobre nosotros mismos, sobre los demás y sobre el mundo que nos rodea. Una vez que entendemos que nuestras creencias dan forma a nuestra realidad y que estas pueden cambiar, comenzamos a cambiar la realidad de nuestras vidas.

Entonces, una creencia es una percepción, una forma de ver, entender o interpretar algo. Es una interpretación de cómo nos ocurre algo o cómo vemos la vida. Las creencias pueden ser muy poderosas.

Son la fuerza que impulsa tus acciones; te llevan a hacer cosas sin que te des cuenta. Se forman sin que seas consciente de ello.

Especialmente cuando eres joven y aún estás descubriendo cómo navegar la vida, tu percepción de los eventos puede arraigarse profundamente.

A través de la narración de historias, puedes desenterrar las ideas que formaste hace mucho tiempo y en las que creíste firmemente, las cuales aún influyen en tu forma de ver las cosas. Estas historias, similares a narrativas en nuestras mentes, moldean nuestros patrones de pensamiento.

Al tomarte el tiempo para reflexionar sobre estas historias, puedes desentrañar sus orígenes e identificar otras creencias específicas que se han formado a partir de ellas.

Aquí tienes una lista de creencias que podrían estar interfiriendo con tu éxito, felicidad y libertad. Señala con un círculo las que creas que te afectan o te impiden avanzar hacia tus metas.

Creencias que limitan tu avance:

- "No puedo hacerlo."
- "Nunca saldré adelante."
- "Siempre estoy equivocado."
- "No puedo confiar en nadie."
- "No tengo tiempo."
- "Soy torpe."
- "El mundo no se preocupa por nadie."

- "No sé lo que quiero."
- "Soy malo, estoy loco."
- "Tengo que hacer felices a los demás para no ser rechazado."
- "Debo quedarme en esta relación porque no puedo sola."
- "Soy gordo, culpable, tonto, miedoso, una víctima, un perdedor."
- "Tengo que esforzarme mucho para ganar dinero."
- "Nunca cambiaré."
- "Estoy solo, soy un error, soy insignificante."
- "No soy lo suficientemente bueno."
- "Nunca tendré suficiente."
- "Soy inútil, inferior."
- "No soy interesante."
- "Soy una mala persona/no soy digno de amor."
- "Soy imperfecto, soy invisible."
- "Si digo lo que pienso, me rechazarán."
- "No tengo control, no soy especial."
- "Soy aburrido y simple."
- "Soy lento, estúpido."
- "No estoy completo."
- "No soy nada, nadie."
- "No me entienden."
- "No tengo poder, soy tonto."
- "Soy poco atractivo."
- "Soy feo, sucio."
- "No soy valioso, no importo."
- "Si no ha pasado, nunca pasará."
- "No merezco nada, soy inaceptable."
- "Las cosas nunca funcionarán para mí."
- "Soy incierto, poco importante."
- "Si me amaran, no se reirían de mí."
- "Soy demasiado viejo, un fracaso."
- "No soy interesante ni exitoso."
- "No tengo razón, siempre me equivoco."
- "No tengo suficiente tiempo."
- "La vida es difícil."
- "Soy inapropiado."
- "No sé lo que quiero."
- "No soy querido, soy débil."
- "Necesito tener todo bajo control."
- "Tengo que tener cuidado."
- "No valgo, soy inútil."

- "Hay algo malo en mí."
- "No puedo ser yo mismo."
- "Mi felicidad depende de alguien más."
- "No puedo decir que no."
- "Los hombres no lloran."
- "No pertenezco, no entiendo."
- "Hay que luchar para sobrevivir."
- "Los pobres siempre serán más pobres."
- "No merezco ser amado."
- "No encajo en ningún lugar."
- "El tiempo es dinero."
- "No tengo opción."
- "La gente debería escucharme."
- "No importo."
- "La gente debería estar agradecida."
- "El mundo no es un lugar seguro."
- "Tengo un problema mental."
- "Fracasaré."
- "Nunca es suficiente."
- "Soy un Don Nadie."
- "Soy la segunda opción."
- "Me equivoco, soy un error."

Si tienes otras creencias que no están en esta lista y que crees que te están limitando, escríbelas aquí:

_____

_____

_____

_____

_____

EL PODER DE
LAS EXPERIENCIAS TEMPRANAS

Las experiencias de Mia, Jimmy y Johnny muestran claramente cómo los eventos fuertes en la infancia pueden dar forma a las creencias que tenemos sobre nosotros mismos y el mundo.

Estas creencias, ya sean correctas o no, afectan cómo enfrentamos los desafíos futuros y determinan nuestro sentido de valor e identidad.

¿Pero cómo se forman estas creencias y por qué tienen tanto poder sobre nosotros?

Una creencia se forma cuando alguien experimenta un evento intenso y emocional e intenta comprenderlo.

En ese momento, la mente genera opiniones y suposiciones para darle sentido a lo que está ocurriendo. Si esos pensamientos iniciales, nacidos del impacto o la confusión, no se cuestionan, pueden solidificarse en una creencia firme.

Cuando Lucy vivió un incidente inapropiado con su tío, se quedó paralizada, incapaz de procesar lo que estaba pasando.

En su confusión, trató de darle sentido a la situación, haciéndose preguntas como: "¿Hay algo malo aquí?" o "¿Es mi culpa?" Esos pensamientos, que nunca cuestionó, se transformaron en una creencia sobre sí misma: "Hay algo malo en mí."

Esta creencia, alimentada por la vergüenza y la duda, se convirtió en el fundamento de cómo Lucy se veía a sí misma y afectó la manera en que interactuaba con los demás. Con el tiempo, influyó en su comportamiento, sus decisiones y sus reacciones emocionales, perpetuando un ciclo de inseguridad y miedo.

El poder de la narrativa está en desentrañar las capas de creencias profundamente arraigadas, revelando poco a poco sus orígenes.

La historia de Lucy muestra este proceso, ilustrando cómo las experiencias de la vida moldean nuestras percepciones. A través de su relato, vemos cómo momentos de confusión, decepción e incomodidad establecen las bases de las creencias que desarrolla sobre sí misma.

Al examinar la historia de Lucy, descubriremos cómo se forman las creencias—muchas veces de manera inconsciente—y cómo influyen sutilmente en las decisiones que tomamos. También veremos cómo estas creencias se entrelazan con su identidad, demostrando cómo la narrativa puede iluminar y transformar las suposiciones ocultas que moldean nuestras vidas.

2

DESCUBRIENDO LAS RAÍCES

CAPÍTULO TRES:

LA HISTORIA DE LUCY

La historia de Lucy se centra en una joven hermosa llamada Lucy.

Su belleza deslumbrante le ha ganado el cariñoso apodo de "La Bonita" por parte de su padre, tíos y tías. Con su apariencia cautivadora, su personalidad tranquila y su naturaleza obediente, rápidamente se convierte en el centro de atención y admiración de su pueblo.

Su padre, en particular, la adora profundamente y siempre le muestra su cariño tanto con palabras como con gestos. Después de largos y agotadores días de trabajo en el campo, su primer acto al llegar a casa es llamarla con ternura y alegría: "¡Lucy, Lucy!"

Ahora, dejemos que Lucy nos guíe a través de su historia. Nos tomará de la mano y nos llevará por los momentos más importantes y los detalles que marcaron su vida. A través de su mirada, podremos comprender mejor su historia y presenciar los eventos que moldearon su camino.

Lucy:

En el pueblo, y especialmente mi padre, me llamaban con cariño "La Bonita"—unnombre que me llenaba de alegría y me hacía sentir amada.

El amor de mi padre se reflejaba en cada pequeño gesto, como cuando me traía las frutas más dulces del campo, escogidas con esmero solo para mí. Esos detalles sencillos pero significativos me hacían sentir especial y profundamente valorada. Disfrutaba de su cariño, creyendo que era el centro de todo.

Pero no solo mi padre me colmaba de amor. Mis hermanos mayores también me mimaban con regalos, palabras dulces y abrazos afectuosos. Incluso los vecinos y los visitantes de otros pueblos parecían sentirse atraídos por mí.

Recuerdo una familia de un pueblo cercano que, encantada con mi presencia, le pidió a mi madre que me dejara pasar un tiempo con ellos. Para mi sorpresa, ella aceptó sin dudarlo, reforzando mi creencia de que era alguien especial y querida por todos. Para mí, la vida simplemente era. No había pensamientos sobre lo que estaba bien o mal, bueno o malo. Mi mundo se sentía armonioso, completo y sin complicaciones.

Pero entonces, ocurrió algo que cambió todo. Un día, la paz y la sencillez que conocía fueron reemplazadas por confusión y malestar. El mundo, antes vibrante y lleno de amor, comenzó a revelar sus sombras. Me encontré en un torbellino de emociones, luchando por comprender esta nueva realidad. Lo que antes era claro—la alegría, la confianza, la certeza de ser amada—se volvió borroso. La inocencia con la que veía la vida se desvaneció, dejándome desorientada y anhelando la pureza de mis primeros días.

Ese momento marcó un antes y un después. Fue el fin de mi inocencia y el comienzo de un camino que cambiaría mi forma de entender el mundo y a mí misma.

Parada frente a esta nueva realidad, comprendí que, aunque doloroso y confuso, este evento moldearía mi vida de maneras profundas y duraderas.

PARTE 2

¿Qué fue ese momento que cambió para siempre la visión de Lucy sobre la vida? ¿Cómo un solo evento transformó todo para ella? Escuchemos a Lucy mientras continúa su historia.

SITUACIÓN NO. 1

EL PUNTO DE QUIEBRE: EL MOMENTO DE FRACTURA

Lucy:

Una tranquila tarde de domingo, jugaba feliz bajo la sombra de un árbol, disfrutando de la simpleza de la niñez. De repente, una suave brisa sopló y escuché una voz familiar llamando mi nombre: '¡Lucy, Lucy!'

Al escuchar la voz, me giré para buscar de dónde venía y me levanté. La voz insistió con urgencia: '¡Lucy, Lucy! ¡Ven aquí!' Sin cuestionarlo, mi naturaleza obediente me llevó a seguirla. Al pasar por una habitación, vi a mi tío recostado en una cama, mirándome. Me llamó de nuevo, esta vez con más insistencia: '¡Lucy! Soy yo. Necesito tu ayuda. Por favor, pasa y trae mis cigarrillos, están sobre la cómoda.'

Su tono parecía serio, así que me acerqué y tomé el paquete de cigarrillos. Sin embargo, al dárselo, algo sucedió que me hizo sentir mal. Sus acciones dejaron en mí una sensación extraña que no podía entender.

Esa sensación me invadió por completo, dejándome paralizada e incómoda. Mi mente no comprendía lo que había pasado, pero algo dentro de mí sabía que no estaba bien. Aunque no lo entendía del todo, una voz interior susurraba: 'Esto está mal.'

Siendo tan pequeña no lograba comprenderlo, pero algo me decía que esto no estaba bien. No lo podía explicar, pero una incomodidad profunda creció dentro de mí. Era como si mis propios instintos me estuvieran advirtiendo que se había cruzado una línea, aunque aún no entendía el concepto de límites o consentimiento.

Me sentí atrapada, confundida y abrumada, incapaz de moverme o hablar. Una sensación pesada de vergüenza comenzó a invadirme, como si de alguna manera fuera culpable de algo que ni siquiera comprendía. Mi voz interior trató de guiarme, pero era demasiado pequeña para saber cómo actuar.

Lucy sintió una incomodidad opresiva que la paralizó, incapaz de comprender lo que acababa de suceder.

Un silencio pesado le robó la voz mientras permanecía inmóvil, atrapada en un momento donde el tiempo parecía detenerse, abrumada por la confusión e incertidumbre que la impedían reaccionar.

LA RESPUESTA DE PARÁLISIS EMOCIONAL: CUANDO LA VERGÜENZA Y LA CONFUSIÓN SE APODERAN

En la obra 'Rewire Your Anxious Brain' de Catherine M. Pittman y Elizabeth M. Karle, se explica que los seres humanos suelen tener tres reacciones comunes ante situaciones difíciles. Estas respuestas se conocen como lucha, huida o inmovilidad, similar a cómo un venado se queda petrificado ante la luz de los faros de un automóvil.

El artículo 'Entendiendo la Respuesta de Inmovilidad', escrito por Hanan Parvez y publicado el 9 de mayo de 2021, explica en detalle cómo opera esta respuesta.

Parvez afirma lo siguiente:

"Muchos creen que nuestra primera reacción ante el estrés o un peligro inminente es luchar o huir. Sin embargo, antes de decidir cómo actuar, necesitamos un momento para evaluar la situación y elegir la mejor opción. Esto da lugar a lo que se conoce como la 'respuesta de inmovilidad,' que ocurre frente a situaciones estresantes o que generan miedo. La respuesta de inmovilidad presenta algunos síntomas físicos fáciles de reconocer.

El cuerpo se queda completamente quieto, como si estuviera anclado al suelo. La respiración se vuelve superficial y, en algunos casos, incluso contenemos el aliento por unos instantes. La duración de esta respuesta puede variar, desde milisegundos hasta varios segundos, dependiendo de la gravedad de la situación.

A veces, después de quedar inmóviles, no logramos decidir entre luchar o huir y permanecemos en ese estado, ya que es nuestra única manera de protegernos. En otras palabras, nos quedamos congelados sin poder reaccionar. Esto es un ejemplo de disociación: la experiencia es tan traumática que la mente y el cuerpo simplemente se apagan.

A veces, al enfrentarnos a una situación difícil, no sabemos si pelear o huir. En lugar de decidir, quedamos inmóviles, como si esa fuera nuestra única forma de protección. Esto se llama disociación: una experiencia tan angustiante que nuestra mente y cuerpo simplemente se apagan. Así le ocurrió a Lucy.

El incidente la afectó profundamente, cambiando cómo se veía a sí misma, a los demás y al mundo. Aunque no recuerda cómo salió de la habitación de su tío, la experiencia empezó a influir en sus creencias, emociones y relaciones. Ese momento marcó el inicio de un camino lleno de desafíos que impactarían su forma de pensar y actuar en el futuro. Más tarde, Lucy lo expresó así:

"En ese momento, mi mente se inunda de pensamientos y emociones. La vergüenza me consume, dejándome inmóvil, atrapada en mi propio bochorno. Quiero huir, pero mi cuerpo no responde. Siento que mi mundo se desmorona. Deseo desaparecer, que el suelo se abra y me trague. No quiero que nadie me vea; quiero ser invisible, como si nunca hubiera existido."

Así que Lucy experimenta una aplastante sensación de pérdida, como si su dignidad hubiera sido arrancada, dejándola expuesta y completamente vulnerable. Este evento traumático la desconecta de sí misma, apagando no solo su vínculo con el mundo que la rodea, sino también con su sentido de quién es.

Según el artículo 'La Ciencia de las Emociones: Explorando lo Básico de la Psicología Emocional,' publicado el 27 de junio de 2019 por UWAI Psychology and Counseling News, nuestra interpretación y respuesta ante los eventos moldea nuestra percepción de nosotros mismos y afecta nuestro bienestar. Para alguien tan joven como Lucy, que aún no tiene las palabras para explicar lo que acaba de pasar, este concepto adquiere aún más importancia.

A una edad temprana, los niños están en pleno proceso de aprendizaje para expresarse. Así que, al igual que los bebés, que inicialmente se comunican a través de sensaciones y emociones. Los niños pequeños también responden al mundo que los rodea de formas que no son completamente verbales.

Sin las habilidades cognitivas y lingüísticas para expresar sentimientos complejos, niños como Lucy suelen recurrir a sus instintos y reacciones emocionales para intentar comprender experiencias confusas.

La investigación muestra que, aunque los niños pequeños son conscientes de lo que sienten, a menudo carecen del vocabulario necesario para expresar esas sensaciones. Al depender de las emociones como su principal forma de comunicación, estas moldean su sentido de sí mismos y su manera de enfrentar situaciones difíciles.

Los pensamientos y percepciones llegan a sus mentes jóvenes a través de toques, sensaciones físicas y respuestas emocionales, por ejemplo, al percibir el calor o el frío de su entorno, sentir comodidad o incomodidad en ciertas situaciones y reaccionar en consecuencia.

Dado que sus habilidades cognitivas no están completamente desarrolladas, a menudo carecen del vocabulario necesario para expresarse correctamente.

Además, su capacidad para distinguir entre lo correcto y lo incorrecto, especialmente en situaciones angustiosas o perturbadoras, aún está en las primeras etapas de desarrollo. Esta falta de madurez en su pensamiento y lenguaje dificulta que puedan entender y explicar sus experiencias de manera completa.

Como resultado, los niños pequeños suelen reprimir sus emociones y pensamientos, guardándolos sin ser conscientes de ello. Esto ocurre debido a su comprensión limitada y a la falta de herramientas para expresar su angustia.

La complejidad de sus emociones y su incapacidad para verbalizarlas provoca una represión no intencional, de la que los niños no tienen plena conciencia.

Debido a su corta edad y a sus habilidades lingüísticas limitadas, Lucy encuentra difícil expresar la violación de su dignidad de manera efectiva. En estas situaciones, puede recurrir a formas alternativas de comunicación, principalmente a través de señales no verbales y cambios en su comportamiento.

Estos cambios podrían incluir variaciones en su estado de ánimo, temperamento o patrones de conducta. Podría mostrar señales de angustia, como agitación, retraimiento o alteraciones en sus hábitos habituales.

Además, Lucy podría reaccionar físicamente llorando, aferrándose a personas de confianza o evitando situaciones o personas relacionadas con el incidente.

Los adultos responsables y los profesionales pueden observar estas señales no verbales y reconocer la importancia de ofrecer un entorno seguro y de apoyo que permita a los niños expresar sus emociones de manera cómoda.

La experiencia de Lucy muestra cómo emociones tempranas, como la vergüenza y el bochorno, pueden dejar una huella duradera, especialmente cuando no se atienden. Sin orientación ni consuelo, Lucy queda sola con sus sentimientos y termina creando sus propias interpretaciones de los demas.

Estas interpretaciones se convierten en la base de sus creencias, influyendo en cómo se percibe a sí misma y en la forma en que interactúa con el mundo.

En el próximo capítulo, analizaremos cómo las mentes jóvenes procesan emociones complejas y crean creencias sobre sí mismas y los demás.

Al examinar la experiencia de Lucy, obtenemos una visión de cómo nuestros propios encuentros tempranos pueden moldear las creencias que nos guían, a menudo de manera inconsciente, a lo largo de nuestras vidas.

CAPÍTULO CUATRO:

DENTRO DE LA RESPUESTA EMOCIONAL

Desafortunadamente, Lucy tuvo que enfrentar sola sus sentimientos de vergüenza y deshonra, sin el respaldo ni la guía necesarios. No había nadie que le explicara que lo sucedido no era su culpa y que, moralmente, estaba mal.

La Asociación Americana de Psicología (APA) describe la emoción como "una reacción compleja que incluye elementos de experiencia, comportamiento y fisiología." Las emociones son la forma en que las personas manejan situaciones o asuntos que consideran significativos para ellas.

Las experiencias emocionales se dividen en tres componentes:

1. UNA EXPERIENCIA SUBJETIVA,
2. UNA RESPUESTA FISIOLÓGICA Y
3. UNA RESPUESTA CONDUCTUAL O EXPRESIVA.

En términos sencillos, la Asociación Americana de Psicología (APA) explica que las emociones son reacciones complejas que tenemos cuando nos sucede algo significativo.

Estas reacciones implican lo que sentimos, cómo responde nuestro cuerpo y cómo actuamos. Durante experiencias emocionales, suceden tres cosas: tenemos una sensación interna y única, nuestro cuerpo reacciona de cierta forma, y expresamos nuestras emociones a través de nuestro comportamiento y acciones.

¿Cuál es la experiencia subjetiva de lucy, su reacción e interpretación emocional única ante esta situación?

Es decir, ¿cuál es el aspecto interno y subjetivo de su experiencia, que abarca sus sentimientos, pensamientos y estado emocional? Como la experiencia subjetiva se refiere al sentimiento específico y personal que ella experimentó, podría incluir una mezcla de emociones como vergüenza, incomodidad o humillación.

Este sentimiento es su reacción emocional única a lo que vivió, algo que depende de cómo ella percibió y entendió la situación. Su experiencia está influida por sus propios pensamientos, emociones e ideas, y puede ser diferente de cómo otras personas habrían reaccionado ante lo mismo.

¿Cuál es la respuesta fisiológica o las reacciones del cuerpo? La respuesta fisiológica se refiere a los cambios automáticos que ocurren en el cuerpo ante diferentes estímulos, como momentos de tensión o emociones intensas. Estas reacciones incluyen sensaciones físicas, variaciones en el ritmo cardíaco, la presión arterial, la respiración, la iberación de hormonas y otras funciones corporales.

Lucy mencionó que sintió como si su mundo se hubiera derrumbado, que el deseo de desaparecer la consumía y que anhelaba que la tierra se abriera y la tragara por completo. Esto refleja un gran malestar emocional. La respuesta fisiológica a esta angustia podría incluir un aumento del ritmo cardíaco, respiración agitada, manos sudorosas u otras sensaciones físicas asociadas con la ansiedad o el estrés.

Ella expresó en su mente: 'Quiero esconderme.' Esa necesidad de ocultarse y no querer ser vista refleja una mayor autoconciencia y una respuesta fisiológica de alerta intensificada.

Cuando alguien siente la necesidad de esconderse o evitar ser visto, generalmente indica una mayor conciencia de su presencia y de cómo es percibido por los demás. Esta autoconciencia puede estar relacionada con su estado emocional o con el temor a ser juzgado o expuesto, mostrando una sensibilidad hacia su entorno y las reacciones de quienes lo rodean.

En términos generales, este deseo de ocultarse refleja una respuesta fisiológica de alerta intensificada, indicando un estado de vigilancia y sensibilidad hacia su entorno y las personas cercanas.

Por lo tantao, en el caso de Lucy, la respuesta psicológica o corporal se refiere a las reacciones que se producen en su mente y cuerpo como consecuencia del incidente. Estas respuestas se evidenciaron en sensaciones físicas, cambios en su ritmo cardíaco, patrones de respiración, tensión muscular y otras reacciones fisiológicas.

¿Qué es la respuesta conductual o expresiva? La respuesta conductual se refiere a las acciones, reacciones o comportamientos visibles que una persona muestra ante una situación, estímulo o evento específico. Esto incluye las expresiones faciales, gestos, palabras o acciones físicas que otros pueden observar y evaluar.

Según los expertos, una respuesta conductual en el comportamiento humano puede estar influenciada por varios factores, como emociones, pensamientos, creencias y estímulos del entorno. Refleja cómo una persona actúa o reacciona según sus procesos internos y las circunstancias que la rodean.

Entonces, ¿cuál fue la respuesta conductual o expresiva de Lucy? ¿Cómo expresó sus emociones de manera externa a través de sus acciones y comportamientos? Es común que las personas manifiesten distintas conductas al expresar sus emociones.

Estos comportamientos pueden incluir llorar, alejarse de las personas, evitar situaciones o personas relacionadas con el incidente, mostrar angustia o incomodidad, o buscar consuelo en personas de confianza. Así reaccionó Lucy, cambiando su comportamiento.

Para protegerse del dolor, evitaba todo lo que pudiera recordarle lo que había pasado. Esto incluía alejarse de ciertos lugares, personas, actividades y conversaciones que le traían recuerdos dolorosos. Fue un momento de "¿qué acaba de suceder?" para ella.

DESENCADENANTES Y AUTOPERCEPCIÓN

El artículo de la American Psychological Association (APA) también destaca que las emociones, como todo, tienen un punto de inicio. Por lo tanto, surge la pregunta: ¿Cuál es el factor que lleva a Lucy a experimentar vergüenza y pena?

El Dr. Joe Dispenza, otro de mis mentores, explicó lo que sucede en nuestro cerebro cuando estamos viviendo una experiencia. Él dijo: "Cuando estamos en medio de una experiencia, nuestros cinco sentidos nos conectan con el entorno externo (nuestras antenas al mundo exterior).

Al procesar todos estos datos sensoriales, esta información llega rápidamente al cerebro. Cuando llega, hace que las neuronas se organicen en redes (un grupo o sistema de interconexiones que interactúan entre sí para intercambiar información).

Estas redes se unen en patrones para reflejar la interacción con el entorno. En el momento en que las neuronas se organizan en patrones, el cerebro produce una sustancia química. Esa sustancia es una emoción."

Así que aquí estamos, en medio de una experiencia, ¿y qué pasa después? Cuando Lucy está interactuando con el entorno, sus sentidos comienzan a recolectar datos para enviarlos al cerebro.

En este caso, la sensación del tacto provoca una reacción en su cuerpo, evocando una sensación de repulsión. Esta información sensorial se transmite al cerebro, donde las redes de neuronas comienzan a organizarse en patrones específicos que reflejan su experiencia. En el momento en que estas neuronas se conectan, el cerebro genera una reacción química, una emoción correspondiente.

En el caso de Lucy, esta emoción es la vergüenza, que se forma casi instantáneamente. Como el cerebro procesa las experiencias a través de imágenes mentales, la imagen que Lucy tiene en su mente está cargada con sentimientos de vergüenza y repulsión.

El punto de partida de Lucy es cuando se queda paralizada.

En el momento en que siente el toque inapropiado, su cuerpo reacciona como si algo extraño y equivocado estuviera sucediendo.

Ella interpreta el evento de acuerdo a su propia percepción, creando una historia sobre sí misma basada en cómo lo ve.

En ese momento exacto, la joven mente y el cuerpo de Lucy registran sentimientos de vergüenza y pena. En un abrir y cerrar de ojos, ella piensa: "Estoy avergonzada". Ella se siente así porque percibe el incidente como algo sucio, lo que la lleva a una creencia expresada a través de sus sentimientos: "Estoy sucia". A partir de esto, razonó: "Si estoy sucia, entonces no valgo nada y nadie me quiere".

Lucy comienza a pensar que es sucia, sin valor y no deseada, sintiendo que algo en ella ha cambiado y ya no es pura.

Aunque esta publicación no se centra en el abuso sexual, la siguiente nota está dirigida a los lectores que han vivido este tipo de experiencia.
Estos podrían ser algunos de los pensamientos que un niño tendría en un contexto similar:

. Confusión: El niño puede sentirse confundido sobre por qué lo están tocando de forma inapropiada, especialmente si no comprende completamente la situación o no ha aprendido sobre los límites personales.

. Miedo: El niño puede experimentar miedo debido a la invasión de su espacio personal y la incomodidad que siente por el contacto inapropiado. Puede temer a la persona que lo tocó o preocuparse por las posibles consecuencias si decide hablar del tema.

. Culpa o autoinculpación: En algunos casos, los niños pueden culparse a sí mismos equivocadamente por ese contacto inapropiado, sintiendo que hicieron algo mal para merecerlo o
que de alguna manera son responsables.

. Vergüenza o incomodidad: El niño puede sentir vergüenza o incomodidad debido a la invasión de su privacidad y la naturaleza inapropiada del contacto. Puede preocuparse de que otros se
enteren o lo juzguen.

. Enojo o frustración: Los niños mayores podrían sentir enojo o frustración hacia la persona que los tocó de manera inapropiada, reconociendo que sus límites han sido sobrepasados y el daño que esto les ha causado.

Entender estas reacciones es clave para comprender el impacto emocional que estas experiencias pueden tener en un niño.

Si hemos sufrido una experiencia similar, es posible que nos sintamos inseguors y necesitemos tranquilidad y consuelo.

Cuando esto no sucede, pueden aparecer sentimientos de vergüenza, culpa y una disminución del autoestima. Lucy, siendo solo una niña, no comprende completamente estas emociones, pero instintivamente las reprime, empujándolas hacia lo más profundo de su interior. Con el tiempo, sin darse cuenta, estos sentimientos no resueltos comienzan a moldear sus actitudes, comportamientos y creencias, influyendo en su vida.

Como resultado, el comportamiento de Lucy empieza a cambiar. Su naturaleza alegre y spontánea se transforma en señales visibles de etraimiento. Su postura se encorva, su mirada se dirige hacia abajo y su cabello parece convertirse en un escudo contra el mundo.

Es como si en silencio dijera: "Por favor, no me miren; me siento expuesta." Evita el contacto visual, duda antes de responder cuando le hablan y empieza a cuestionar su propio valor. Lucy comienza a preguntarse si sigue siendo aceptada, amada o deseada.

EL EFECTO DE LOS
PENSAMIENTOS DISTORSIONADOS

La vida de Lucy cambia radicalmente a medida que sus acciones empiezan a reflejar su nueva percepción de sí misma. Aunque estos cambios se originan en sus pensamientos, la conexión emocional que tiene con ellos les otorga fuerza.

Bob Proctor, reconocido autor en superación personal, señala que involucrarse emocionalmente con un pensamiento de forma constante puede convertirse en un catalizador poderoso que influye en nuestras acciones y resultados. La nueva autoimagen de Lucy, ahora arraigada en su subconsciente, guía su comportamiento, decisiones y actitud.

Los neurocientíficos explican que los pensamientos son producto de complejas interacciones neuronales en el cerebro.

Estas redes neuronales procesan información mediante impulsos eléctricos, creando patrones que determinan cómo pensamos, sentimos y percibimos el mundo. Esta conexión entre pensamientos y emociones muestra cómo las creencias de Lucy impactan directamente en sus acciones y en su visión de la vida.

Lucy solía irradiar alegría y empatía, abrazando el mundo con curiosidad y entusiasmo. Su presencia traía paz y consuelo a los demás, pero ahora esa luz se ha apagado.

Ahora se ve a sí misma a través de una lente de duda y falta de confianza, lo que distorsiona su percepción de los demás y del mundo que la rodea.

Lo que antes era vibrante y lleno de posibilidades ahora está cubierto por el escepticismo y la desconfianza.

La imagen distorsionada que tiene de sí misma la lleva a proyectar sus inseguridades en los demás, dificultando la confianza y las conexiones. Cree que los demás ven sus fallas tal como ella las percibe, alimentando un ciclo de autocrítica y aislamiento. Esto profundiza su sensación de no ser suficiente y le impide reconocer la belleza en sí misma y en quienes la rodean.

Con el tiempo, nuevas experiencias refuerzan estas creencias y agregan otras, creando una red de pensamientos que moldean profundamente su identidad y sus acciones.

En el siguiente capítulo, exploraremos cómo estas creencias centrales influyen en la vida de Lucy y su manera de interactuar con el mundo.

CAPÍTULO CINCO:

RAÍCES OCULTAS:
EL IMPACTO DE LAS CREENCIAS SILENCIOSAS

En este capítulo exploraremos cómo nuestras creencias evolucionan y se expanden con el tiempo, como un árbol que crece. Las creencias básicas actúan como raíces que nos sostienen y moldean nuestra percepción del mundo.

Con cada experiencia vivida, estas raíces generan nuevas creencias, como ramas que se extienden desde la base. Cada rama representa una creencia conectada al núcleo, formando una red que influye en nuestros pensamientos y acciones.

Nuestra primera experiencia negativa puede cambiar la forma en que nos vemos a nosotros mismos y afectar toda nuestra vida. Para Lucy, pensar 'estoy rota' la llevó a creer que los demás también la veían así. Esto transformó su manera de sentirse consigo misma y su forma de relacionarse con los demás.

Con el tiempo, los pensamientos negativos se apoderaron de su mente, diciéndole: 'Soy sucia, no valgo nada y no soy deseada.' Lucy empezó a creer que no tenía solución, lo que la llevó a alejarse de los demás y a guardar silencio, como si hubiera perdido su voz.

Pensaba que nadie quería escucharla porque sentía que algo estaba mal en ella.

El silencio de Lucy reflejaba lo profundamente afectada que estaba por esa experiencia negativa. Creía que los demás la veían como ella se veía a sí misma, lo que la hacía aislarse aún más. Caminaba encorvada, evitaba el contacto visual y prefería estar sola. Este modo de pensar afectaba sus acciones y cómo los demás reaccionaban hacia ella.

En resumen, nuestras creencias fundamentales moldean nuestras acciones, y estas acciones influyen en cómo los demás nos perciben. Lucy pensaba que estaba manchada, así que se apartó, convencida de que nadie querría estar cerca de ella.

Su lenguaje corporal y su silencio reflejaban su mundo interior, mostrando cuán poderosas pueden ser nuestras creencias al construir nuestra realidad.

CÓMO LAS CREENCIAS BÁSICAS AFECTAN NUESTRAS ACCIONES Y LAS REACCIONES DE LOS DEMÁS

Lucy pensaba que era 'impura y no deseada,' y eso hizo que cambiara su forma de ser. Las personas a su alrededor, sin saber lo que le pasó, creyeron que su silencio era algo raro o gracioso y se burlaban de ella.

Su timidez se volvió un motivo de burla. Sus familiares y vecinos le decían: 'Ella no habla, le comieron la lengua los ratones.'

Escuchó esa frase tantas veces que, con el tiempo, dejó de hablar por completo. Cuando intentaba hablar, las constantes burlas le hacían tartamudear. En su mente joven, esas palabras se volvieron una verdad dolorosa: 'Si no puedo expresar mis pensamientos, debo ser tonta.'

Estas ideas—que está rota, que no es deseada y que no puede comunicarse—empiezan a formar su manera de verse a sí misma. Esto hace que le cueste relacionarse y que, cada vez más, se quede en silencio.

Su tartamudeo le causa vergüenza y la hace sentirse aún más incómoda, creando un círculo en el que sus pensamientos negativos parecen hacerse realidad.

Este ciclo está relacionado con la Ley de la Atracción, que dice que los pensamientos en los que nos enfocamos—sean buenos o malos—traen experiencias similares a nuestra vida.

Según esta teoría, los pensamientos positivos atraen cosas buenas, mientras que los negativos traen cosas malas. Aunque algunas personas creen en esto y otras son escépticas.

Sin embargo, hay algo claro: aquello en lo que ponemos nuestra energía tiende a regresar a nosotros.

Lucy, en lugar de enfocarse en la hermosa niña que realmente es, se concentra en las ideas dolorosas que tiene de sí misma: que es sucia, sin valor, tonta y no deseada.

A resultado de esto, se encierra en su propio mundo. Camina encorvada, esconde su rostro detrás de su cabello y evita mirar a los demás a los ojos. Sin darse cuenta, empieza a buscar pruebas que confirmen lo que piensa de sí misma y, al hacerlo, encuentra justo lo que espera.

Veamos cómo esto se desarrolla.

SITUACIÓN NO. 2

LAS PRIMERAS SEMILLAS DE SENTIRSE NO DESEADA

A los 8 años, Lucy despertó de repente de una siesta, perturbada por una pesadilla que la llenó de miedo, confusión y soledad. Buscando consuelo, decidió buscar a su madre.

Con lágrimas en los ojos, Lucy fue a la cocina y encontró a su madre lavando platos. Su madre, con el delantal puesto y las manos mojadas, la miró y le dijo: 'Deja de llorar, llorona. Estoy ocupada.'

Desilusionada, Lucy dejó de llorar de inmediato. Había buscado consuelo y comprensión, pero solo encontró rechazo. Afectada por la respuesta indiferente de su madre, regresó a su habitación, se recostó y, lentamente, volvió a dormir.

Más tarde, cuando despertó de nuevo, la tristeza y la decepción seguían ahí, pesando sobre ella. Esto la llevó a abandonar cualquier intención de buscar consuelo en su madre. En su mente infantil, una idea comenzó a formarse con fuerza: 'Los adultos no están aquí para consolarme; tendré que enfrentar mis emociones sola.'

Esta idea—que estaba sola y no podía confiar en los demás—se convirtió en la base de su autoimagen en desarrollo. Se reforzó con la creencia de que pedir atención la hacía una carga para los demás.

Adicionalmente, las palabras de su madre, 'Deja de llorar, llorona,' quedaron grabadas en su mente, llevándola a pensar: 'Estoy molestando a las personas.'

Convencida de esto, Lucy decidió enfrentar sus emociones y problemas por sí misma, creyendo que pedir ayuda no valía la pena.

Con el tiempo, la idea de 'estoy sola y por mi cuenta' se transformó en una fuerza que guiaba su vida, influenciándola a evitar buscar apoyo y obligándola a enfrentar sus problemas sola.

Este patrón de autosuficiencia se fortaleció con los años, moldeando la forma en que Lucy interactuaba con los demás y enfrentaba los desafíos de la vida.

SITUACIÓN NO. 3

LA EXPANSIÓN
DE LA AUTO-PERCEPCIÓN

Una noche, Lucy se despierta sobresaltada al escuchar a su padre llamándola con urgencia. Todavía confundida, se incorpora y pregunta:

'¿Por qué me estás despertando?' Con una voz temblorosa y llena de miedo, su padre le responde: '¡Levántate! Ve a buscar a tu hermana. Tu mamá está muy enferma y se está muriendo.'

Al escuchar esas palabras, el corazón de Lucy comienza a latir con fuerza. Sabía que su mamá no estaba bien, pero jamás había considerado la posibilidad de perderla.

Abatida por el pánico, rápidamente se pone los zapatos y corre cinco cuadras hasta la casa de su hermana. Al entrar, grita: '¡Lina, despierta! ¡Papá dice que mamá se está muriendo!'

Lina, aún aturdida por el sueño, se levanta y sigue a Lucy de regreso a la casa de sus padres.

Cuando llegan, Lucy ve a un grupo de personas reunidas alrededor de su madre. En lugar de entrar, se queda en el patio bajo la luz de la luna, un profundo sentimiento de confusión y miedo comienza a invadir su pecho.

En ese momento, abrumada por el temor de perder a su madre, Lucy se lleva las manos al pecho y susurra en silencio: 'Si este es el dolor de amar a alguien, juro que nunca, jamás volveré a amar.'

Esas palabras se graban en su mente y su corazón, formando su sistema de creencias. Un profundo adormecimiento emocional la envuelve, como si una parte de ella hubiera muerto. Comienza a asociar el amor con un dolor insoportable y decide cerrarse al amor para evitar más sufrimiento.

Desde ese momento, Lucy empieza a desconectarse emocionalmente, no solo de su madre, sino de todos los que ama. Su creencia de que el
amor lleva a un dolor devastador se arraiga profundamente, y gradualmente
se aísla de los demás. Se convierte en una persona
solitaria, no por estar sola, sino por estar distante y desconectada.

Sus emociones se enfrían, y se encierra en sí misma, pensando: "Estoy
sola y por mi cuenta.

Aunque la madre de Lucy sobrevive, el impacto emocional de aquella
noche la marca profundamente. Lleva consigo la decisión de protegerse del
amor en cada relación, convirtiendo su desapego y su actitud reservada en

rasgos fundamentales de su personalidad.

Estas creencias forman la base de nuestra historia personal, expli-
cando por qué percibimos ciertos límites u obstáculos, por qué dudamos de
nuestras capacidades y por qué titubeamos al intentar avanzar. La mentalidad de "no puedo", junto con la duda y las justificaciones para la inacción,
moldea la forma en que enfrentamos los desafíos y oportunidades de la vida.
Con el tiempo, estas creencias negativas pueden acumularse, afectando no
solo nuestra percepción del mundo, sino también nuestro potencial.

Nuestro sistema de creencias funciona como un árbol, donde la
creencia central es el tronco. A partir de esta creencia principal, surgen nuevas ramas a medida que vivimos nuevas experiencias.

Estas ramas, que representan diferentes aspectos de nuestra vida,
evolucionan conforme interpretamos y respondemos a nuestro entorno. Cada
experiencia agrega una nueva capa, moldeando nuestra perspectiva y reforzando o desafiando nuestras creencias previas.

A medida que Lucy crece, su vida se entrelaza con una narrativa
construida a partir de sus creencias, perspectivas y percepciones. Comienza
a vivir dentro de la historia que ha creado sobre sí misma, una historia que
dicta cómo ve la vida, cómo interpreta su valor y cómo imagina
que los demás la perciben. Sus acciones, decisiones e interacciones reflejan
esta narrativa, mostrando el profundo impacto de sus creencias en su identidad y en las elecciones que hace.

——RESUMEN DEL INCIDENTE #1——

Nuestras creencias fundamentales moldean nuestras acciones, y estas, a su vez, influyen en cómo los demás responden a nosotros. Esto aplica a Lucy, quien cree que está manchada y debe guardar su secreto permaneciendo en silencio. Piensa que nadie querrá estar cerca de ella, lo que la hace sentirse sin valor y no digna de afecto. Así, Lucy comienza a comportarse de una manera específica y adopta una actitud particular.

Su postura cambia: camina encorvada, evita el contacto visual y se queda callada cuando otros le hablan. Las personas que la rodean, sin conocer su historia, se burlan de su silencio, llamándola "tonta" y diciendo que "le comieron la lengua los ratones."

Al escuchar estas frases repetidamente, Lucy empieza a creer que no sabe expresarse bien y, poco a poco, deja de hablar. Con el tiempo, la constante etiqueta de "tonta" provoca que tartamudee. Esto refuerza su creencia de que es incapaz e incompetente.

Esta nueva creencia la hace parecer retraída y le dificulta comunicarse e interactuar con los demás. Sin darse cuenta del origen de su comportamiento, Lucy reacciona con confusión y sigue tartamudeando.

Esto refuerza su vergüenza y la lleva a más situaciones que aumentan su incomodidad, cumpliendo con el principio de la ley de atracción.

—RESUMEN DEL INCIDENTE #2—

A los 8 años, Lucy tuvo una pesadilla angustiante que la dejó asustada, confundida y sintiéndose sola. Al despertar, buscó consuelo en su madre, pero fue recibida con respuestas frías y duras. Esto le rompió el corazón y la llevó a creer que los adultos no eran accesibles ni confiables para brindar apoyo.

Este pensamiento se convirtió en una creencia arraigada. Convencida de que pedir ayuda era inútil, dejó de buscar apoyo en los demás, especialmente en los adultos. La creencia se fortaleció cuando su madre, con su indiferencia, la reafirmó.

Desde ese momento, Lucy se convenció de que estaba sola y que debía enfrentar la vida sin contar con nadie.

—RESUMEN DEL INCIDENTE 3—

Lucy es despertada abruptamente en medio de la noche por su padre, quien le dice con urgencia que su madre está en estado crítico y que podría morir.

La noticia la abruma. Corre a buscar a su hermana y regresa a la casa de sus padres. De pie afuera, experimenta un dolor emocional profundo y, en ese momento, toma una decisión que cambiará su vida: nunca volver a amar, convencida de que el dolor de perder a alguien es insoportable.

Esta decisión transforma su perspectiva sobre las relaciones y el amor, llevándola a desconectarse de sus emociones y volverse distante e indiferente. Se aísla y se vuelve emocionalmente fría, como una roca sin vida, apartándose del mundo y de quienes la rodean.

DE LA
REPRESIÓN A LA EXPRESIÓN

Muchos de nosotros luchamos por procesar y comprender nuestras emociones, en gran parte porque no tuvimos las herramientas o el apoyo para desarrollar estas habilidades. Como resultado, reprimimos nuestros sentimientos, sin ser conscientes del impacto a largo plazo en nuestro bienestar.

Si alguna vez te has sentido incapaz de expresar tus emociones o has enfrentado decepciones, rechazos o burlas, la escritura puede ser una herramienta poderosa para la autorreflexión y la sanación. Empieza escribiendo sobre un momento en el que te sentiste decepcionado y describe cómo te afectó personalmente.

Para ayudarte a reflexionar, aquí tienes alguna una preguntas que puedes hacerte: ¿Alguna
vez he experimentado... o sentido...?

- Rechazada
- Ignorada
- Juzgada
- Humillada
- Menospreciada
- Privada
- Burlada
- Desvalorizada
- Desmoralizada
- Avergonzada
- Acosada

Una vez que hayas identificado una experience especifica, preguntate:

1. ¿Qué **EMOCIÓN** específica sentiste en ese momento?

_____

_____

_____

2. ¿Qué **CREENCIA** surgió de esa experiencia?

_____

_____

_____

3. ¿Cómo describirías tu **COMPORTAMIENTO** después de que esa creencia se formó?

_____

_____

_____

4. ¿Cómo describirías tu **ACTITUD** como resultado de esa creencia?

_____

_____

_____

5. ¿Qué **HISTORIA** o narrativa has construido a partir de esas ideas?

_____

_____

_____

La historia de Lucy pone en evidencia cómo las emociones reprimidas y las creencias no solo influyen en nuestra percepción, sino que también pueden moldear profundamente nuestra vida y nuestras decisiones:

• Emociones y luchas: Lucy enfrenta vergüenza, miedo, ira, soledad y ansiedad, emociones que afectan profundamente su bienestar mental y emocional.

• Creencias centrales: Ella cree que está manchada, es indigna, impura y no deseada. Estas creencias dominan sus pensamientos y distorsionan su percepción de sí misma.

• Impacto en su comportamiento: La actitud de Lucy refleja su lucha interna: camina encorvada, evita el contacto visual, esconde su rostro tras su cabello y su voz parece apagada, sofocada por la vergüenza. Tiene dificultades para comunicarse de manera efectiva, lo que refuerza aún más su sensación de aislamiento.

• Influencia generalizada: Estas creencias afectan la manera en que Lucy interactúa con los demás, su autoconcepto y su capacidad para alcanzar su potencial. Se siente atrapada por limitaciones autoimpuestas que la hacen dudar de sí misma en cada aspecto de su vida.

• Aislamiento: Lucy se siente desconectada de relaciones significativas. Se percibe como una extraña en su propio mundo, anhelando conexión, pero retenida por las barreras de sus propias creencias.

Al comprender los elementos clave de nuestra historia, ganamos claridad sobre cómo nuestro sistema de creencias—las narrativas que nos contamos sobre quiénes somos, el mundo y los demás—moldea los desafíos que enfrentamos. Desenmarañar estas historias nos permite acceder a nuestro poder, la autoexpresión, la felicidad y la libertad.

En la historia de Lucy, sus creencias tienen un peso inmenso: vergüenza, miedo, ira, soledad, ansiedad y posiblemente depresión. Estas emociones afectan su vida diaria, mientras pensamientos como "Estoy manchada, no valgo, nadie me quiere" consumen su mente, moldeando su autopercepción y sus luchas internas. La actitud de Lucy es un reflejo de su batalla interna.

Camina encorvada, evita el contacto visual, se esconde detrás de su cabello y le cuesta comunicarse. Estas creencias limitan cada aspecto de su vida, desde sus interacciones hasta su autoestima y oportunidades. Atrapada por limitaciones autoimpuestas, Lucy se siente profundamente sola, como una extraña que anhela conexión pero que no puede atravesar la barrera de sus creencias.

Sin embargo, al desmantelar esta narrativa, Lucy abre la puerta al cambio. Comprender el origen de sus creencias le da el poder de cuestionarlas y reescribirlas, sustituyendo pensamientos autolimitantes por otros más positivos. Esta transformación le permite reconstruir su autopercepción y liberar su verdadero potencial y crear una vida alineada con sus metas.

CREENCIAS:
EL LENTE QUE DEFORMA NUESTRO MUNDO

Las creencias tienen un poder increíble para moldear nuestra realidad. Actúan como lentes a través de las cuales percibimos el mundo, influyendo en cómo interpretamos los eventos, las interacciones y hasta nuestra propia identidad.

A medida que crecemos y enfrentamos los desafíos de la vida, estas lentes se vuelven más complejas, superponiéndose con el tiempo a medida que nuestras experiencias se profundizan y amplían.

Lo que hace que las creencias sean particularmente poderosas es cómo a menudo operan debajo de la superficie de nuestra conciencia. Estas convicciones profundas pueden sentirse como partes intrínsecas de nuestra personalidad o identidad, pero funcionan como los arquitectos silenciosos de nuestros pensamientos, acciones y decisiones. Es esta influencia subconsciente la que hace que las creencias sean tan impactantes: dictan sutilmente cómo respondemos al mundo sin que nos demos cuenta.

Nuestras historias personales, construidas sobre la base de estas creencias, comienzan en la infancia. Estas historias se moldean por cómo interpretamos momentos clave, como el rechazo, el fracaso o las expectativas no cumplidas. Cada incidente contribuye a la narrativa que creamos sobre nosotros mismos, los demás y la vida misma. Para cuando llegamos a la edad adulta, estas historias se han convertido en marcos intrincados que guían nuestras percepciones y comportamientos.

Tómate un momento para considerar el poder de estas creencias. Dictan si nos sentimos capaces o incapaces, dignos o indignos, amados o no amados. Influyen en cómo enfrentamos los desafíos, las relaciones y las oportunidades. Forman las raíces de nuestro diálogo interno, la voz que nos dice lo que podemos o no podemos lograr. Y, como ramas de un árbol, crecen hacia afuera, afectando todos los aspectos de nuestras vidas.

Comprender este proceso de formación de creencias es crucial. Cuando nos damos cuenta de cómo nuestras creencias están moldeando nuestra realidad, obtenemos la capacidad de desafiarlas y reformularlas. Esta conciencia es el primer paso para recuperar nuestra agencia: elegir ver el mundo no a través de la lente de la limitación, sino a través de una de posibilidad y crecimiento.

En la siguiente sección, exploraremos cómo esta conciencia puede llevar a la transformación. Al examinar los orígenes de nuestras creencias y su influencia en nuestras vidas, podemos comenzar a reescribir nuestras historias y alinear nuestras acciones con nuestro verdadero potencial.

3

MOLDEADO POR LAS CREEMCIAS

CAPITULO SEIS:

LA HISTORIA DE JOHNNY— ATADO AL 'NUNCA JAMAS'

Recuerda la historia de Johnny, un niño de cinco años que experimenta el rechazo por primera vez. Emocionado por compartir su boleta de calificaciones, corre hacia la oficina de su papá y exclama: "¡Papá, papá, mira lo que saqué!".

Pero su padre, inmerso en su trabajo, le responde con un tono seco: "¡Johnny, estoy ocupado! ¡No ahora!" De inmediato, la emoción de Johnny se desvanece, dejando lugar a la confusión y el dolor. La calidez y aprobación que esperaba se esfuman en un instante, reemplazadas por una sensación de rechazo. Ese momento dejó una marca en él, moldeando la forma en que se veía a sí mismo y a los demás.

En ese preciso instante, Johnny tomó una decisión: "NUNCA, NUNCA más." Decidió cerrarse emocionalmente para no volver a sentirse pequeño o insignificante.

Esa creencia, nacida del dolor, influiría en su forma de interactuar con el mundo y en su percepción de sí mismo. Ahora piensa en ti: ¿alguna vez has tomado una decisión de "NUNCA, NUNCA"? Estas declaraciones suelen nacer de momentos de dolor o frustración, dando forma a nuestra manera de ver la vida y de actuar.

Aquí hay algunos ejemplos de declaraciones restrictivas de "NUNCA, NUNCA":

- Nunca, nunca confiaré.
- Nunca, nunca volveré a amar.
- Nunca, nunca pediré ayuda.
- Nunca, nunca perdonaré.
- Nunca, nunca compartiré mis sentimientos.

Mientras que algunas declaraciones de "NUNCA, NUNCA" nos atan y limitan, otras pueden transformarse en fuerzas que nos impulsan a seguir adelante, como:

- Nunca, nunca me rendiré.
- Nunca, nunca perderé la esperanza.
- Nunca, nunca dejaré de esforzarme por la excelencia.
- Nunca, nunca dejaré que el miedo me detenga.

¿Cuáles son tus declaraciones de "NUNCA, NUNCA"?

Reconocer estas decisiones nos permite explorar las historias que nos ontamos a nosotros mismos, ayudándonos a discernir si nos están limitando o impulsando hacia adelante.

Cuando alguien dice: "Nunca, nunca haré esto", suele ser un mecanismo de protección contra el dolor o la desilusión futura. Pero al mismo tiempo, estas palabras pueden convertirse en creencias profundas que, sin darnos cuenta, moldean nuestra perspectiva y restringen nuestras acciones.

Ahora, escuchemos a Johnny compartir cómo su propia decisión de "NUNCA, NUNCA" marcó su vida.

Narrador: Johnny, ¿qué es lo que has decidido nunca, nunca hacer?

Johnny: He decidido nunca compartir mi felicidad o logros con mi familia o amigos.

Narrador: ¿Por qué tomaste esa decisión?

Johnny: Porque cuando intenté compartir mi alegría con mi padre, él no mostró interés. Me hizo sentir poco importante, insignificante y sin valor. Comencé a creer que a nadie le importa realmente y que el mundo es cruel.

Narrador: ¿Qué hay detrás de esa decisión?

Johnny: Creo que compartir solo lleva a la desilusión y al rechazo. Para protegerme de sentirme pequeño o insignificante, decidí que nunca más me molestaría en intentarlo.

La decisión de Johnny de no compartir su felicidad tiene consecuencias profundas. Ya no busca logros ni abraza el éxito, porque teme el vacío que podría seguir. Su espíritu, antes lleno de vida y alegría, ahora está nublado por la desilusión. El niño que una vez buscó conexión ahora vive bajo el peso de una creencia que lo convence de su propia insignificancia.

DESPUÉS DEL 'NUNCA JAMÁS' VIENE EL 'PORQUE'

Johnny ha decidido que "NUNCA MÁS" (seguido de la acción de compartir o disfrutar sus logros o esperar atención). Luego viene la razón detrás de su "NUNCA MÁS" compartir o disfrutar sus logros o esperar atención: el "porque".

El motivo que Johnny da después del "porque" explica por qué

tomó esa decisión. Este compromiso de "NUNCA MÁS" no es aleatorio; tiene una justificación. Incluir la palabra "porque" ayuda a aclarar los motivos detrás de esta decisión.

Comprender esta conexión es clave, ya que permite identificar si hay una creencia detrás de ese "porque", y muchas veces la hay.

Ahora, ¿cómo se comportará Johnny después de adoptar la creencia de que no importa? Probablemente comenzará a retraerse, a distanciarse de los demás e incluso podría volverse antisocial.

Al igual que Johnny, muchos de nosotros hemos sentido ese vacío, provocado por distintas razones. A menudo reprimimos esos sentimientos y seguimos adelante, pero las emociones permanecen en nuestra memoria. Si no las enfrentamos, pueden resurgir y causar problemas en nuestra vida.

Tomemos el caso de la madre de Johnny, Sophia. Creció en un hogar de acogida donde sufrió maltratos que la llevaron a creer: "No valgo nada, soy indigna y estoy sucia." Esa creencia la persiguió toda su vida.

De manera similar, el padre de Johnny, Joe, creció con un padre abusivo y alcohólico. Durante su infancia, se prometió a sí mismo: "Jamás dejaré que mis hijos pasen hambre." Esa promesa lo llevó a trabajar sin descanso para ser un buen proveedor, pero lo dejó emocionalmente ausente para su hijo.

Su compromiso de "NUNCA MÁS" con el apoyo material eclipsó su capacidad de brindar conexión emocional. Con el tiempo, Johnny comprendió que las acciones de sus padres estaban moldeadas por sus propias creencias limitantes y experiencias pasadas. Al igual que él estaba atrapado en su sistema de creencias, ellos también lo estaban.

Se dio cuenta de que las reglas de "NUNCA MÁS" de sus padres—ya fuera para evitar la conexión, la vulnerabilidad o la autenticidad—nacieron del miedo al dolor y la decepción.

Solo al entender estos patrones podemos comenzar a romper los ciclos de miedo y construir relaciones más sanas con nosotros mismos y con los demás.

CREENCIAS Y MIEDO: EL CICLO DE LA AUTOPROTECCIÓN

Las experiencias de la vida dejan huellas que moldean la forma en que nos vemos a nosotros mismos y al mundo. A menudo, el miedo surge como una respuesta, arraigado en creencias que hemos formado.

Por ejemplo, el miedo a hablar en público puede originarse en la creencia "Los demás se burlarán de mí." Esta creencia influye en el comportamiento y limita la capacidad de expresarse.

El miedo es un instinto natural y protector diseñado para mantenernos a salvo. Sin embargo, cuando está impulsado por creencias, puede volverse excesivo, impidiéndonos actuar, expresarnos o perseguir lo que realmente importa.

Por ejemplo, la creencia de Johnny de que "no importa" lo llevó a temer compartir su felicidad con los demás o depender de personas que consideraba más importantes. Estas creencias, atadas al miedo, moldearon su comportamiento y limitaron sus relaciones.

Los miedos poco saludables, alimentados por creencias limitantes, restringen nuestro potencial. Nos frenan, nos impiden actuar, expresarnos y crecer. A continuación, algunos miedos comunes y las creencias que suelen estar detrás de ellos:

1. Miedo al fracaso:
Impulsado por la creencia de que fracasar equivale a no ser valioso, lo que fomenta el perfeccionismo y la evitación de riesgos.

2. Miedo al rechazo:
Arraigado en la idea de que ser rechazado confirma la insuficiencia personal, causando inseguridad y baja autoestima.

3. Miedo a estar solo:
Basado en la creencia de que la soledad conduce a la infelicidad, generando dependencia emocional hacia los demás.

4. Miedo a hablar en público:
Ligado a creencias sobre el juicio ajeno y el miedo al desempeño, lo que lleva a evitar oportunidades de expresión.

5. Miedo al abandono:

Proviene de la creencia de no ser amado o ser defectuoso, causando inseguridad y apego excesivo.

6. Miedo al cambio:

Alimentado por la creencia de que el cambio trae pérdida o fracaso, resultando en resistencia a lo nuevo.

7. Miedo a lo desconocido:

Arraigado en la idea de que lo incierto es peligroso, generando ansiedad y evitación.

8. Miedo al éxito:

Influenciado por la creencia de no ser digno, lo que provoca autosabotaje o miedo a la exposición.

9. Miedo a la crítica:

Impulsado por la creencia de que ser criticado equivale a ser rechazado, causando temor a la vulnerabilidad.

10. Miedo a tomar riesgos:

Basado en la creencia de que arriesgar es peligroso, resultando en indecisión y oportunidades perdidas.

11. Miedo a la decepción:

Ligado a la creencia de que el rechazo o el fracaso traen dolor emocional, fomentando la evitación y el estancamiento.

12. Miedo a cometer errores

Nace de la creencia de que cometer errores significa ser insuficiente, lo que impulsa el perfeccionismo y el temor constante al fracaso.

13. Miedo a ser juzgado

Arraigado en la idea de que nuestro valor depende de las opiniones de los demás, este miedo sofoca la autenticidad y nos hace vivir buscando aprobación.

14. Miedo a no ser lo suficientemente bueno

Se relaciona con la duda constante de uno mismo y estándares imposibles de alcanzar, dejando un profundo sentimiento de insuficiencia.

15. Miedo a la confrontación

Influenciado por el deseo de complacer a los demás y el temor al rechazo, este miedo nos lleva a evitar conflictos, incluso a costa de nuestras propias necesidades.

16. Miedo a la vulnerabilidad

Arraigado en el dolor de experiencias pasadas o en el miedo al juicio, este miedo fomenta la autoprotección, el aislamiento y la desconexión emocional.

Comprender estos miedos y las creencias que los alimentan es el primer paso hacia la libertad.

Reconocer cómo estas creencias moldean nuestros miedos nos permite desafiarlas, romper sus cadenas y abrirnos a nuevas oportunidades de crecimiento y autoexpresión.

CAPÍTULO SIETE:

DESCUBRIENDO EL MIEDO A TRAVÉS DEL "POR QUÉ"

A menudo, el miedo surge de creencias profundamente arraigadas. Preguntarnos "¿por qué?" puede ayudar a descubrir la raíz de estos miedos y aclarar qué nos está frenando.

A continuación, algunos ejemplos de cómo explorar el "por qué" puede revelar las creencias que impulsan miedos comunes:

- ¿Por qué tengo miedo de hablar?

Porque creo que las personas me juzgarán y me encontrarán ridículo.

- ¿Por qué tengo miedo de reír?

Porque pienso que mis dientes son poco atractivos y eso me hace sentir inseguro.

- ¿Por qué tengo miedo de la oscuridad?

Porque temo que mi agresor pueda reaparecer.

- ¿Por qué tengo miedo de ser visto?

Porque creo que mi apariencia es rara o poco atractiva.

- ¿Por qué tengo miedo de usar maquillaje?

Porque pienso que solo las mujeres consideradas atractivas pueden hacerlo sin ser criticadas.

- ¿Por qué tengo miedo de contestar el teléfono?

Porque me preocupa no entender lo que me dicen y quedar en ridículo.

- ¿Por qué tengo miedo de tener hijos?

Porque creo que el mundo es un lugar demasiado hostil para traerlos.

- ¿Por qué tengo miedo de participar en clase?

Porque pienso que mis respuestas no son lo suficientemente inteligentes o impresionantes.

- ¿Por qué tengo miedo de pedir lo que quiero?

Porque siento que no lo merezco o no soy digno de ello.

- ¿Por qué siempre llego en último lugar?

Porque creo que no soy querido ni valorado por los demás.

- ¿Por qué tengo miedo de fracasar?

Porque temo decepcionar a quienes esperan algo de mí.

- ¿Por qué tengo miedo de estar en público?

Porque pienso que no soy lo suficientemente atractivo para ser notado de manera positiva.

¿Por qué es importante entender las causas profundas de nuestros miedos? Porque nos permite abordarlos y superarlos con mayor facilidad. Al identificar estas causas, podemos enfrentarlas con claridad y manejarlas de manera más efectiva. Cuando respondemos a la pregunta "¿por qué?", suele comenzar con "Tengo miedo de...", seguido de "porque...". Lo que viene después del "porque" revela la verdadera raíz que impulsa ese miedo.

Utiliza los siguientes enunciados para identificar tus miedos:

- Tengo miedo de __ porque __.
- Tengo miedo de __ porque __.
- Tengo miedo de __ porque __.

Gracias por participar en este ejercicio.

A continuación, exploremos cómo la acumulación de miedos y creencias de Johnny moldea su camino hacia la edad adulta.

Desde pequeño, Johnny era un estudiante aplicado con calificaciones excelentes. Sin embargo, después de su primera gran decepción, su rendimiento académico comenzó a decaer. Sus notas bajaron, prefería la soledad, se mostraba desconectado en clase y evitaba jugar con otros niños.

Un día, el padre de Johnny recibe una llamada de su maestra solicitando una reunión para hablar sobre su comportamiento y desempeño. Durante la reunión, la maestra señala el marcado contraste entre el éxito previo de Johnny y sus dificultades actuales. Preocupada, pregunta si los padres han notado algún problema en casa que pueda explicar el cambio.

La madre de Johnny asegura que todo está bien, mientras que su padre permanece en silencio, sumido en sus pensamientos.

Ambos prometen observarlo más de cerca y colaborar con la maestra para ayudarlo.

Sin embargo, al llegar a casa, su padre lo enfrenta con dureza, expresando su decepción y enfatizando la importancia de la educación. En lugar de recibir comprensión, Johnny siente que su padre solo refuerza su creencia de que no tiene valor, etiquetándolo como un posible "perdedor" o "fracaso".

Abrumado, Johnny se encierra en su habitación y bloquea la puerta. Solo, repite en su mente las palabras de su padre, incorporándolas a su imagen de sí mismo: "Soy un perdedor," "No importo," "Estoy solo." Estas creencias profundizan su aislamiento y refuerzan su visión del mundo como un lugar frío y cruel.

LA DECEPCIÓN SE PROFUNDIZA

Han pasado cuatro años. Es una tarde de sábado y Johnny está emocionado por su partido de béisbol. Su mamá lo acompaña, pero en su interior, Johnny anhela la presencia de su papá.

A pesar de saber que su padre tenía una agenda ocupada, Johnny reunió el valor para preguntarle: "Papá, sé que estás ocupado, pero ¿te gustaría venir a mi partido hoy?"

El profundo amor de su padre brilló por un instante cuando, con cariño, le prometió que estaría allí. Johnny sintió que su corazón se llenaba de alegría.

Cuando Johnny y su madre llegaron al partido, ella se dirigió a las gradas mientras él fue al vestuario y luego al campo para hacer ejercicios de preparación.

Durante su rutina de ejercicios de preparación, Johnny miraba de vez en cuando hacia los asientos, con la esperanza de ver a su padre.

Pero solo veía a su madre sentada allí. A pesar de la ausencia de su padre, Johnny se tranquilizó pensando: "Todavía hay tiempo." Y continuó con sus ejercicios de preparación.

El partido estaba a punto de comenzar, y su padre aún no había llegado. Su corazón latía con fuerza, entre la emoción por el juego y la ansiedad de no verlo en las gradas.

El tiempo pasó, y cuando el partido llegó a la mitad, su padre seguía sin aparecer. Finalmente, el juego terminó y, para la decepción de Johnny, su padre nunca llegó.

"Esto es realmente desalentador," pensó. Ver que su padre no había asistido al partido le confirmó, en su mente, que no le importaba.

En ese instante, reforzó aún más la creencia que ya tenía sobre sí mismo: que estaba solo, que no importaba y que no tenía valor.

A medida que la vida avanza, al igual que en los casos de Lucy y Johnny, nuestras historias personales, moldeadas por nuestras creencias, se expanden progresivamente. Constantemente integramos nuevas creencias en nuestro sistema de pensamiento, y estas creencias, a su vez, influyen en nuestras decisiones, determinando el rumbo de nuestras vidas.

Nuestras creencias, ya sea que comienzan con "YO SOY", "ELLOS SON", o "EL MUNDO ES", tienen el poder de darle forma a nuestra perspectiva en nosotros mismos, los demas o el mundo que nos rodea.

Las creencias que comienzan con "YO SOY" pueden tomar la forma de:
- •"No soy importante."
- • "No soy suficiente."
- • "No soy digno de amor."
- • "Soy feo."
- • "Soy gordo."
- • "Soy pobre."
- • "No soy deseado."
- • "Soy inaceptable."
- • "Soy la segunda opción."
- • "Soy tonto."

Y la lista sigue.

Las creencias que comienzan con "ELLOS SON" pueden incluir pensamientos como:

- • "Son crueles."
- • "Son malos."
- • "Son groseros."
- • "No les importo."
- • "Son despiadados."

Estas creencias luego se extienden a nuestra percepción del mundo, con pensamientos como:

- • "El mundo es duro."
- • "El mundo no se interesa por los niños."
- • "El mundo es cruel."
- • "El mundo está vacío."
- • "El mundo está lleno de gente mala."
- • "El mundo es un lugar oscuro."

Y mas.

Tómate un momento para reflexionar y escribe las creencias que resuenen contigo mientras resumes tu historia personal.

Empieza con: "YO SOY..."
Luego: "ELLOS SON..." Y
finalmente: "EL MUNDO ES..."

YO SOY:—

_____

_____

_____

ELLOS SON:—

_____

_____

_____

EL MUNDO ES: —

_____

_____

_____

Cuando alguien hace una afirmación como "Yo soy", "Ellos son" o usa la palabra "es", esas afirmaciones se convierten en declaraciones, las cuales tienen un poder significativo. Aquí hay algunos ejemplos de declaraciones.

1. Yo soy capaz de lograr mis metas.
2. Ellos son solidarios y amorosos.
3. El mundo está lleno de oportunidades.
4. Yo merezco felicidad y éxito.
5. Ellos son bondadosos y compasivos.
6. El mundo es abundante en recursos.
7. Yo tengo confianza en mis habilidades.
8. Ellos son confiables y leales.
9. El mundo es un lugar de crecimiento y aprendizaje.
10. Yo soy digno de amor y respeto.
11. Ellos son comprensivos y empáticos.
12. El mundo está lleno de belleza y diversidad.
13. Yo soy resiliente y puedo superar desafíos.
14. Ellos son honestos y genuinos.
15. El mundo es una fuente de inspiración y creatividad.

Las declaraciones pueden tener un impacto poderoso en nuestra mentalidad y acciones.

Cuando Johnny dijo: "Yo soy", "Ellos son" y "El mundo es", esto se convirtió en una declaración para él y su mente. Y, como veremos, estas declaraciones tuvieron un poder significativo más adelante en su vida.

No somos completamente conscientes de las creencias o afirmaciones que formamos dentro de nosotros mismos. Esta falta de conciencia nos impide comprender el impacto que estas declaraciones tendrán en nuestra vida, cómo influirán en nuestros pensamientos, emociones, sentimientos y acciones.

En esencia, no somos conscientes del poder que tienen estas afirmaciones internas para moldear nuestra percepción de nosotros mismos, de los demás y del mundo. Johnny no era consciente de los pensamientos y creencias que tenía en su mente.

No se daba cuenta de cómo estos pensamientos y creencias afectaban su vida, cambiando la forma en que pensaba, sentía y actuaba.

Debido a esto, Johnny no comprendía cuán poderosos eran sus propios pensamientos para moldear la manera en que se veía a sí mismo, a los demás y al mundo. No se percataba de que sus pensamientos tenían un gran impacto en su percepción de todo lo que lo rodeaba.

Sin darse cuenta, Johnny se había atrapado a sí mismo con declaraciones como: "No soy importante", "Soy insignificante", "Soy un perdedor", "Soy un fracaso" y "No valgo nada".

Al usar las declaraciones de Johnny como ejemplo, es posible que puedas identificar algunas cosas que te has dicho a ti mismo, las frases que has creado sobre quién eres.

Tómate un momento para reflexionar y escríbelas en el espacio provisto. Estas frases pueden ser tanto positivas como negativas. Lo importante es que logres reconocerlas.

Tómate un momento para escribirlas.

_____
_____
_____
_____

La siguiente es una lista de creencias limitantes que a menudo toman la forma de una declaración.

1. No soy lo suficientemente bueno/a, ellos son intimidantes, la vida es demasiado difícil, no les caigo bien.

2. Soy demasiado alto/a, soy demasiado bajo/a, no soy atractivo/a, no soy capaz, es demasiado difícil.

3. No lo merezco, el mundo es cruel, fracasaré, no soy lo suficientemente inteligente.

4. No soy digno/a de amor, no soy deseado/a, no soy divertido/a, no merezco el éxito.

5. Se burlan de mí, nunca seré exitoso/a, siempre me faltará algo.

6. Nunca terminaré esta tarea, es demasiado difícil, tengo sobrepeso.

7. El sobrepeso es feo, no soy lo suficientemente atractivo/a para ser modelo.

8. Ellos son mejores que yo, no soy lo suficientemente inteligente/talentoso/a/creativo/a.

Estas son solo algunas declaraciones, pero hay demasiadas para contarlas. Cada persona es única y tiene sus propias declaraciones que moldean su perspectiva.

Johnny también expresó juicios sobre sus padres cuando creyó que no se preocupaban por él y que eran emocionalmente inaccesibles.

¿Has formado juicios similares sobre tus propios padres o cuidadores?

Tómate un momento para escribirlos.

_____

_____

_____

_____

_____

También habrás notado que Johnny expresó juicios sobre el mundo al decir que "el mundo es cruel". Si has hecho declaraciones o juicios sobre el mundo o la vida, anótalos a continuación.

_____

_____

_____

_____

_____

Después de hacer una declaración, nos alineamos inconscientemente con ella, lo que hace que nuestra actitud, comportamiento y acciones reflejen esas declaraciones autoimpuestas.

Esta alineación con nuestras propias declaraciones puede influir profundamente en nuestro estado mental. Estas frases que declaramos permanecen en nuestro subconsciente y pueden resurgir más adelante en la vida sin una explicación clara.

Se repiten una y otra vez, causando malestar y persistiendo con el tiempo cuando algo en el entorno las activa. Usaremos los términos alarmas o disparadores para referirnos a aquello que despierta estas frases, ya que tienen una naturaleza alarmante y nos llevan a entrar en modo de supervivencia.

DISPARADORES Y MECANISMOS DE DEFENSA

Disparadores son situaciones, palabras o cualquier estímulo que provoca una reacción emocional o psicológica intensa en nosotros, generalmente negativa, y está asociada con experiencias pasadas.

Estos disparadores pueden hacernos sentir amenazados o vulnerables y, como resultado, llevarnos a respuestas automáticas, como evitar la situación, sentir ansiedad, enojo o recurrir a mecanismos de defensa.

Cuando estos disparadores aparecen, activan una respuesta de supervivencia en nosotros, lo que nos impulsa a actuar de inmediato, buscando refugio o consuelo.

Cuando Johnny es disparado, simplemente está siendo recordado de sus creencias más arraigadas. En respuesta, recurre a su mecanismo de supervivencia, que consiste en buscar consuelo en la comida y el aislamiento.

Puede empezar a comer en exceso y retirarse a un lugar apartado con un balde de helado u otros alimentos que lo hagan sentir momentáneamente mejor.

Muchos de nosotros recurrimos a zonas de confort o mecanismos de defensa sin comprender completamente por qué. A continuación, se presenta una lista de zonas de confort comunes o mecanismos de supervivencia a los que las personas suelen recurrir cuando se activa una memoria del pasado.

- 1. Comer emocionalmente o en exceso.
- 2. Retirarse socialmente o aislarse.
- 3. Pasar demasiado tiempo frente a pantallas o dispositivos.
- 4. Abusar de sustancias o caer en adicciones.
- 5. Adoptar comportamientos obsesivos o compulsivos.
- 6. Evitar responsabilidades o procrastinar.
- 7. Buscar validación constante de los demás.
- 8. Mantenerse ocupado o trabajar en exceso.
- 9. Escapar a través de entretenimiento o distracciones.
- 10. Auto-Sabotaje o conductas autodestructivas.

Cuando Johnny recurrió a comer en exceso como respuesta a la activación de ciertas memorias del pasado, inicialmente se sintió bien y cómodo. Sin embargo, después no se sintió igual. Esto se debe a que buscar consuelo temporal a través de acciones que no están alineadas con tu verdadero ser es solo un mecanismo de supervivencia.

Recuerda que estos patrones de búsqueda de consuelo pueden verse diferentes para cada persona, y esta lista es solo un punto de partida. Nos referiremos a esta lista como el patrón, una serie de comportamientos a los que recurrimos siempre que buscamos consuelo ante una activación emocional.

A medida que avancemos, exploraremos cómo estos patrones se transforman en hábitos. Aunque puedan proporcionar seguridad o consuelo temporal, no reflejan quién eres realmente.

¿Por qué es esto significativo?

Porque nos lleva a nuestro siguiente tema: LOS HÁBITOS.

¿Cómo se forman los hábitos? ¿También provienen de creencias subyacentes?

En el próximo capítulo, profundizaremos en la naturaleza de los hábitos y exploraremos estas preguntas.

CAPÍTULO OCHO:

HÁBITOS Y CREENCIAS LIMITANTES: UN CÍRCULO VICIOSO

¿Alguna vez has escuchado la expresión: Eres una criatura de hábitos? ¿Que significa exactamente cuando las personas dicen eso. Esta afirmación sugiere que los individuos tienden a desarrollar patrones consiste ntes de comportamiento o rutinas en su vida diaria.

Implica que los hábitos juegan un papel significativo en la formación de nuestras acciones, decisiones y estilo de vida en general. En otras palabras, resalta la noción de que los seres humanos tienen una tendencia natural a caer en comportamientos o rutinas repetitivas que se vuelven arraigadas y familiares con el tiempo.

Estos hábitos pueden influir en varios aspectos de nuestra vida, incluyendo cómo pensamos, actuamos e interactuamos con los demás. Explorar el concepto de ser una "criatura de hábito" puede proporcionar una visión sobre el poder de los hábitos y su impacto en nuestra vida diaria.

Es una comprensión común entre psicólogos, conductistas y expertos en formación de hábitos que los hábitos pueden variar en cuanto a su impacto en nuestro bienestar.

Algunos hábitos, como hacer ejercicio regularmente o practicar la mindfulness, se consideran saludables o beneficiosos. Por otro lado, los hábitos poco saludables pueden incluir fumar, consumir en exceso comida chatarra o procrastinar. Los hábitos neutrales pueden referirse a rutinas o comportamientos que tienen un impacto mínimo positivo o negativo en nuestras vidas, como cepillarse los dientes o atarse los zapatos de una manera particular.

Aquí algunos ejemplos de hábitos neutrales:

1. Cepillarse los dientes dos veces al día.
2. Hacer la cama por la mañana.
3. Doblar la ropa de una manera específica.
4. Revisar el correo electrónico o las redes sociales a una hora específica.
5. Organizar tu espacio de trabajo antes de comenzar a trabajar.
6. Tomar la misma ruta al trabajo o a la escuela.
7. Tener una rutina particular por la mañana o antes de acostarse.
8. Usar gestos o frases específicas al comunicarte.
9. Golpear el pie o hacer sonar los dedos cuando estás en reposo.
10. Mantener los objetos en un orden o disposición específica.

Los hábitos neutrales son a menudo rutinas o comportamientos que realizamos sin pensar demasiado en ello o con una intención específica, y no tienen necesariamente un impacto significativo positivo o negativo en nuestras vidas. Un buen hábito es un comportamiento o rutina que contribuye positivamente a tu bienestar, productividad y calidad de vida en general.

Los buenos hábitos suelen ser intencionales, beneficiosos y están alineados con tus metas y valores. Promueven el crecimiento personal, la salud física, el bienestar mental y el éxito en varias áreas de la vida.

EJEMPLOS
DE BUENOS HABITOS

Algunos ejemplos de buenos hábitos incluye hacer ejercicio con regularidad, llevar una alimentación saludable, practicar la gratitud y administrar el tiempo de manera efectiva.

Aquí tienes otros ejemplos de buenos hábitos:

- 1. Hacer ejercicio o mantenerse físicamente activo de forma regular.
- 2. Practicar la meditación o la atención plena.
- 3. Seguir una dieta equilibrada y saludable.
- 4. Dormir bien y mantener un horario de sueño constante.
- 5. Leer libros o aprender algo nuevo frecuentemente.
- 6. Establecer metas claras y trabajar hacia ellas de manera constante.
- 7. Organizar y gestionar el tiempo de manera eficiente.
- 8. Practicar la gratitud y expresar aprecio hacia los demás.
- 9. Llevar un diario o dedicar tiempo a la autorreflexión.
- 10. Mantener el hogar limpio y organizado.

Estos son solo algunos ejemplos, y los buenos hábitos pueden variar según las preferencias y objetivos de cada persona. Lo importante es desarrollar hábitos que mejoren tu bienestar y te ayuden a alcanzar lo que deseas en diferentes áreas de tu vida.

Por otro lado, los malos hábitos son aquellos que tienen consecuencias negativas o dificultan nuestro progreso. Pueden afectar nuestra salud, productividad, relaciones o desarrollo personal.

EJEMPLOS
DE MALOS HABITOS

Algunos ejemplos de malos hábitos son la procrastinación, el uso excesivo de pantallas, fumar, una alimentación poco saludable o el diálogo interno negativo.

Aquí tienes otros ejemplos de malos hábitos:

- Procrastinación: Posponer tareas hasta el último momento, generando estrés y problemas
  de organización.

- Exceso de tiempo frente a pantallas: Dedicar demasiado tiempo a dispositivos electrónicos, afectando la productividad, el sueño y las relaciones sociales.

- Alimentación poco saludable: Consumir en exceso comida chatarra o alimentos procesados, lo que puede perjudicar la salud y la energía.

- Morderse las uñas: Un hábito que puede dañar las uñas y la piel, además de estar relacionado con el estrés o la ansiedad.

- Fumar: Un hábito perjudicial para la salud que incrementa el riesgo de diversas enfermedades graves.

- Consumo excesivo de alcohol: Beber en exceso afecta tanto la salud física y mental como las relaciones personales y el bienestar.

- Autocrítica constante: Hablarse de manera negativa, lo que socava la autoestima y frena el crecimiento personal.

- Gastos impulsivos: Comprar de manera innecesaria, lo que puede provocar tensiones financieras y estrés económico.

- Falta de ejercicio: Llevar un estilo de vida sedentario que puede contribuir a problemas de salud y bajos niveles de energía.

POR QUÉ SON DIFÍCILES DE ROMPER LOS HÁBITOS?

Exploremos por qué romper hábitos puede ser un desafío, qué define un hábito y qué factores contribuyen a su resistencia al cambio.

Según el diccionario Britannica, un hábito es un patrón de comportamiento repetitivo que se vuelve automático o habitual. Es decir, es una acción que realizamos con frecuencia hasta que se convierte en una rutina inconsciente.

En esencia, un hábito es una acción repetida, un patrón que surge de hacer algo varias veces. Cuando una acción se repite lo suficiente, se convierte en un hábito fácilmente reconocible. Sin embargo, romper un hábito puede ser complicado por varias razones.

Primero, los hábitos suelen estar profundamente arraigados en nuestra mente subconsciente debido a la repetición, lo que los hace automáticos y sin esfuerzo. Con el tiempo, crean conexiones neuronales en el cerebro, convirtiéndose en la respuesta predeterminada ante ciertas situaciones.

Si analizamos las historias de Johnny y Lucy, notamos que no llegaron a la conclusión de que eran defectuosos en un solo momento. Sus creencias y decisiones se formaron a partir de experiencias repetidas que reforzaron esas ideas con el tiempo.

Cuanto más pensaban en ello, más fuertes y poderosas se volvían esas creencias. Además, a medida que vivían nuevas experiencias, sus perspectivas, percepciones y creencias se ampliaban, incorporando nuevas ideas sobre sí mismos, el mundo y los demás.

Esta acumulación de pensamientos fortalecía aún más sus sistemas de creencias, intensificando sus momentos de malestar.

Aunque los eventos que originaron sus creencias quedaron en el pasado, los recuerdos asociados seguían vivos y presentes en sus mentes. Permanecían en sus mentes, repitiéndose como escenas de una película.

Cada vez que algo activaba el recuerdo de esos eventos, la percepción de lo ocurrido se sentía tan real y vívida como la primera vez, reforzando aún más sus creencias.

Incluso cuando no somos conscientes de las creencias específicas que generan nuestro malestar, al resurgir una y otra vez, nos recuerdan el dolor original que experimentamos.

Esta falta de conciencia nos deja con incertidumbre sobre el origen de estos sentimientos y por qué persisten. A medida que estas creencias se mantienen, hacemos todo lo posible por evitar el malestar. Buscamos refugio y consuelo, instintivamente dirigiéndonos hacia lo que nos resulta más seguro y reconfortante.

Y ese lugar de seguridad suele ser uno familiar, ya que hemos recurrido a él antes en busca de alivio.

Este comportamiento repetitivo es lo que llamamos un patrón, que con el tiempo se convierte en un hábito. Por lo tanto, en el núcleo de cada hábito hay una creencia.

Ahora que hemos establecido esto, exploremos los comportamientos recurrentes que Johnny manifestaba cuando se sentía incómodo o activado por sus recuerdos.

MOMENTOS DE ANGUSTIA:
Ansiedad, sentirse abrumado o fuera de lugar.

POSIBLES DESENCADENANTES:
Sentirse insignificante, no valorado o como un fracasado.

ESTRATEGIAS DE ALIVIO:
Comer en exceso, aislarse o buscar un lugar donde estar solo.

COMPORTAMIENTO REPETIDO:
Comer compulsivamente y aislarse, evitando cualquier interacción.

Al igual que Johnny, comparte tus experiencias de malestar, tus desencadenantes y mecanismos de defensa.

MOMENTOS DE ANGUSTIA:

_____

_____

_____

_____

POSIBLES DESENCADENANTES:

_____

_____

_____

_____

ESTRATEGIAS DE ALIVIO:

_____

_____

_____

_____

COMPORTAMIENTO REPETIDO:

_____

_____

_____

_____

Cuando expresamos nuestras creencias o afirmaciones sobre nosotros mismos y el mundo, estas generan emociones que nos llevan a buscar alivio o confort. Con el tiempo, esta búsqueda de alivio se convierte en un hábito.

Y son los hábitos los que determinan nuestros resultados: los positivos nos acercan a lo que queremos, mientras que los negativos nos alejan.

Tómate un momento para analizar los resultados que estás obteniendo. ¿Son los que deseas?

Si no, identifica el hábito que te está llevando a esos resultados no deseados.

_____

_____

_____

Todo esto ocurre internamente y tiene el poder de moldear nuestras perspectivas, emociones y comportamientos.

Cada persona manifiesta sus mecanismos de supervivencia de diferentes maneras. Algunos encuentran distracción viendo televisión, otros fuman, comen o beben en exceso, practican deportes, duermen para evadir la realidad o incluso recurren a las drogas, algunas con consecuencias devastadoras.

En el caso de Johnny, su patrón repetitivo de comer y darse atracones lo llevó a alcanzar un peso de 300 libras.

Esto le provocó fatiga, enfermedades, agotamiento y una profunda incomodidad en su propio cuerpo. Claramente, estos no eran los resultados que deseaba.

RESUMEN:

En resumen, los hábitos surgen de creencias subyacentes, lo que significa que, en la mayoría de los casos, la creencia ya existe y el hábito la sigue. Tendemos a buscar nuestra zona de confort cuando nos sentimos inseguros, vulnerables o en peligro, a menudo sin darnos cuenta.

Esta acción repetida forma un patrón que, con el tiempo, se convierte en un hábito. Imagina vivir un momento que nos hace buscar refugio y consuelo porque activa un recuerdo del pasado.

Esta memoria almacenada en nuestra mente resurge cuando algo la activa, llevándonos a buscar instintivamente comodidad y seguridad.

A medida que esta memoria sigue activándose y resurgiendo repetidamente, el comportamiento de búsqueda de confort se transforma en un hábito por repetición.

Una vez formado, posiblemente será difícil de romper. Romper un hábito implica interrumpir la comodidad y enfrentar la incertidumbre, lo que puede resultar incómodo e incluso generar ansiedad, a pesar de que los hábitos suelen cumplir una función o satisfacer una necesidad al brindar confort, satisfacción o una sensación de familiaridad. Sin embargo, en la mayoría de los casos, conducen a resultados no deseados.

Como puedes ver, los hábitos suelen estar asociados con ciertos estímulos en nuestro entorno, los cuales pueden reavivar el impulso de repetirlos. Romper un hábito requiere identificar y abordar estos estímulos, lo que exige autoconciencia, esfuerzo y toma de decisiones consciente.

Además, los hábitos pueden estar profundamente ligados a nuestra identidad y percepción de nosotros mismos, lo que hace que dejarlos atrás desafíe nuestra autodefinición y genere resistencia o miedo al cambio.

Por eso, romper un hábito no solo implica abordar factores externos, sino también comprender y trabajar los aspectos internos que influyen en nuestro comportamiento y autoimagen.

En definitiva, superar un hábito requiere conciencia, compromiso y disposición para enfrentar la incomodidad y tomar decisiones conscientes que nos ayuden a desarrollar nuevos patrones de conducta.

Con esto en mente, pasemos a la siguiente parte, donde exploraremos cómo Jimmy logró romper algunos de sus hábitos más arraigados.

¡Vamos allá!

4

EN TRASCENDER TU ENTORNO

CAPÍTULO NUEVE:

LA HISTORIA DE JIMMY

Previamente aprendiste cómo ciertos miedos, que están asados en creencias, pueden activarse y generar incomodidad. Esta incomodidad nos lleva a buscar consuelo o alivio de manera instintiva. Con el tiempo, las acciones repetidas para encontrar ese consuelo se convierten en patrones, que eventualmente se transforman en hábitos.

Estos patrones influyen en nuestro comportamiento de manera inconsciente. Para entender las raíces de estos momentos de incomodidad, es necesario aceptar esa sensación y prestar atención a los pensamientos que emergen. A través de la autorreflexión, podemos identificar los factores profundos que están causando nuestro malestar.

Jimmy era un niño brillante y lleno de potencial. Sin embargo, su infancia estuvo marcada por situaciones difíciles. Cuando su padre los abandonó, su madre se volvió a casar sin saber que su nuevo esposo tenía un carácter abusivo. Tristemente, Jimmy se convirtió en el blanco constante del maltrato físico y verbal de su padrastro.

Hubo un incidente que dejó una marca especialmente profunda: su padrastro lo obligó a destapar un inodoro con las manos descubiertas, sin ningún tipo de protección.

Imaginen a este joven, obligado a meter sus manos en la suciedad para limpiar todo lo que se había acumulado allí. Es difícil imaginar el nivel de humillación y las emociones que pudo haber sentido en ese momento. No solo soportó insultos y desprecio, sino que también fue forzado a realizar tareas físicamente humillantes.

El abuso constante lo dejó sintiéndose desesperanzado e impotente. Poco a poco, comenzó a creer las palabras hirientes y a internalizar el comportamiento abusivo de su agresor.

Ese ambiente hostil, dominado por el maltrato, influyó profundamente en cómo Jimmy empezó a ver el mundo, moldeando su percepción e interpretación de todo lo que lo rodeaba.

Mientras Jimmy observa y escucha lo que sucede a su alrededor, empieza a interpretar el mundo desde su propia perspectiva. Estas interpretaciones moldean sus emociones y acciones, influyendo en cómo reacciona ante diferentes situaciones.

De este modo, está siendo condicionando e influenciado por su entorno.

Cuando Jimmy entra en la adolescencia, comienza a enfrentar ataques de ansiedad en diferentes situaciones, como la escuela, los juegos al aire libre e incluso en casa mientras ve televisión.

A pesar de haber recibido tratamiento para su trauma en el pasado, sigue insatisfecho con las explicaciones que ha recibido sobre estos episodios de ansiedad.

Decidido a encontrar respuestas y recuperar el control de su vida, asume el papel de detective autodidacta.

Para iniciar su propia investigación, Jimmy comienza a documentar cada momento y acción que realiza, prestando especial atención a los eventos o entornos que activan su ansiedad. Este registro meticuloso le permite identificar patrones y factores que antes podría haber pasado por alto.

A través de este proceso, espera comprender mejor su ansiedad y descubrir las razones subyacentes detrás de ella. Con una mentalidad analítica, Jimmy se vuelve más consciente de los detalles de su vida diaria. Observa atentamente sus pensamientos, emociones y sensaciones físicas, analizando cómo se relacionan con situaciones específicas.

Al conectar los puntos entre sus observaciones y sus episodios de ansiedad, empieza a construir una imagen más clara de los factores que contribuyen a su malestar.

Además de su documentación personal, Jimmy también busca información en fuentes externas. Explora libros, artículos y foros en línea en busca de conocimientos que resuenen con su experiencia. Descubre estrategias de afrontamiento, técnicas de relajación y prácticas de autocuidado que podrían ayudarle a manejar su ansiedad.

Al interactuar con otras personas que han enfrentado desafíos similares, encuentra apoyo y un sentido de comunidad, dándose cuenta de que no está solo en su lucha.

Su determinación por entenderse a sí mismo le permite desentrañar la compleja red de activadores y respuestas que influyen en su ansiedad. A medida que desarrolla una mayor conciencia de sí mismo, empieza a construir un conjunto de herramientas personalizadas para mitigar sus episodios.

En este proceso, descubre que ciertos eventos o situaciones despiertan memorias intensas de su pasado, haciéndole revivir emociones y sensaciones que conectan su presente con aquellas experiencias.

Echemos un vistazo: es 2004, un sábado por la tarde de junio.

CUANDO
FACTORES AMBIENTALES
REVIVEN MEMORIAS

Cuando Jimmy entra al campo de fútbol una tarde de sábado, la atmósfera está llena de emoción y anticipación. La multitud se reúne con entusiasmo esperando el inicio del partido.

De repente, algo cambia para Jimmy. Una oleada de ansiedad lo invade; su corazón late rápidamente, sus músculos se tensan y sus manos comienzan a sudar, como si su cuerpo reaccionara a un peligro invisible que solo él puede sentir.

Mientras todos disfrutan del entusiasmo del momento, Jimmy siente una intensa necesidad de escapar. Quiere dejar atrás el campo de fútbol y encontrar un lugar tranquilo donde pueda estar solo. La ansiedad lo impulsa a huir, como si necesitara protegerse del estrés que lo abruma. ¿Alguna vez has sentido algo parecido?

No hace falta que sea tan extremo como lo que vivió Jimmy, pero ¿alguna vez te has sentido tan incómodo que no pudiste ser tú mismo?

Un momento de timidez que te hizo sentir incómodo contigo mismo y dificultó la capacidad de expresarte o relacionarte con los demás, o una pérdida temporal de confianza que limitó tu capacidad de hablar de manera natural.

Es importante recordar que todos atravesamos estos momentos en alguna medida. Aunque estas experiencias no sean tan drásticas como la escena dramática que vivió Jimmy, aún pueden tener un impacto en la fuerza interior de una persona y en su capacidad de expresarse. Superar estos momentos suele implicar la construcción de confianza y autoconciencia.

Más fácil decirlo que hacerlo, pero al reconocer y entender estos momentos, podemos trabajar para recuperar nuestra fuerza interior y expresarnos de manera más completa en el futuro. ¿Cómo lo hacemos?

Al identificar qué son los activadores, debemos primero identificar qué provoca las sensaciones en el cuerpo. ¿Qué provoca el sudor en el caso de Jimmy, y qué lo llevó a este momento no invitado? Una vez que aprendemos a identificar, podemos comenzar a construir fuerza interior. Si alguna vez te encontraste en un espacio emocionalmente incómodo, donde querías escapar y esconderte, ser consciente de ese momento puede un primer paso importante.

Tómate un momento para reflexionar sobre tus propias experiencias y elige un incidente en el que estuviste en un estado desagradable. Anota tus pensamientos en papel.

Aquí tienes un ejemplo de cómo hacerlo:

Sensaciones corporales: Mi corazón late rápido, siento presión en el pecho. Mis palmas están sudorosas y tengo un nudo en el estómago.

Pensamientos: Me siento inseguro y empiezo a dudar de mí mismo. Pienso cosas como "No voy a poder" o "Me van a juzgar".

Sentimientos: Me siento abrumado, ansioso y vulnerable. Solo quiero escapar y estar en un lugar tranquilo. No quiero interactuar con nadie.

Recuerda que estas experiencias pueden variar de una persona a otra. Es importante reconocer y validar tus propios sentimientos y reacciones.

Sensaciones corporales:---------------------------
Pensamientos:----------------------
Emociones:----------------------
Detalles del momento:----------------------
- ¿Dónde estás?
- ¿Quién está presente?
- ¿Qué hora es? (¿Día, tarde, noche o mañana?)
- ¿Qué estás haciendo?
- ¿Cuándo ocurrió?

Jimmy ha vivido esta situación en múltiples ocasiones; no es la primera vez. Sin embargo, el origen de su ansiedad sigue siendo desconocido, dejándolo desconcertado y tomado por sorpresa. En este momento de angustia, Jimmy anhela sentir seguridad y alivio.

Anhela encontrar un espacio donde pueda ordenar sus pensamientos, recuperar la calma y enfrentar la ansiedad que lo ha atrapado por sorpresa. Es una lucha entre el deseo de seguir en el juego y la intensa necesidad de retroceder y buscar refugio.

Cuando Jimmy lucha con su turbulencia interna, se vuelve importante para él encontrar formas de manejar su ansiedad. A medida que toma control de la situación, corre hacia el lugar donde sabe que podrá reagruparse y ordenar sus pensamientos: el baño.

Dentro del baño, los síntomas de pánico de Jimmy probablemente se intensificaron, llevándolo a un comportamiento de parálisis, caracterizado por sentirse inmovilizado o incapaz de actuar.

La parálisis es una respuesta común durante momentos de ansiedad extrema o miedo. El pánico y la parálisis se alternaban mientras luchaba con las emociones y sensaciones físicas abrumadoras asociadas al ataque de pánico. Después de practicar un conjunto de técnicas de respiración, Jimmy las utiliza para recuperar el control.

Una vez que alcanza un estado de calma, dirige su atención a buscar respuestas. Jimmy comienza a prestar atención a sus pensamientos internos, diálogos y emociones en el momento del incidente. "¿Estoy experimentando pensamientos negativos o dudas sobre mí mismo? ¿Hay algún miedo o preocupación subyacente que esté contribuyendo a esta tensión?" Al examinar su estado interno, Jimmy puede descubrir cualquier factor emocional que esté influyendo en sus sentimientos actuales.

Estos desencadenantes a veces pueden ser tan sutiles que incluso un estímulo aparentemente insignificante puede tener un impacto profundo en el bienestar emocional de una persona y provocar reacciones inesperadas. No siempre es fácil identificarlos.

Entonces, ¿qué evento o circunstancia causó que Jimmy sufriera un ataque de pánico? El mundo de Jimmy estaba en paz hasta que algo tan sutil que nadie habría sospechado lo lanzó a la angustia y confusión. ¿Qué fue?

Era una voz extrañamente familiar, que imitaba la de su padrastro, cuando llegó a sus oídos. En ese preciso momento, su fortaleza emocional comenzó a desmoronarse. Era una voz con un tono particular, uno que lo transportó instantáneamente al pasado, como si una máquina del tiempo hubiera despertado sus recuerdos dormidos.

Parecía provenir de detrás de él. Y fue tan inesperado que lo sorprendió. Era como si ese hombre estuviera justo detrás de él, siguiéndolo. El efecto profundo en las emociones de Jimmy fue innegable, provocando una oleada abrumadora de miedo y ansiedad. Desató una respuesta instintiva de lucha o huida, anulando sus sentidos y llevándolo finalmente a una crisis de pánico.

Después de que Jimmy descubre lo que desencadenó su ansiedad,

experimenta una sensación de alivio y comprensión. Sin embargo, se da cuenta de que simplemente identificar el desencadenante no es suficiente para superar su miedo y encontrar verdadera satisfacción. Siente el deseo de profundizar en su pasado y descubrir el momento preciso en el que el miedo a esa voz aterradora
se apoderó de él por primera vez.

Impulsado por su curiosidad y el deseo de liberarse de su temor, Jimmy decide enfrentarlo. Jimmy se embarca en un viaje de autodescubrimiento.

VUELTA A
LA INFANCIA DE JIMMY

Jimmy recuerda un momento de su niñez, cuando la vida parecía más simple: solo él y su madre. Tenía siete años cuando su madre se volvió a casar, y no pasó mucho tiempo antes de que Jimmy empezara a sufrir abuso verbal y físico por parte de su padrastro. Un día en particular se quedó grabado en su memoria. Estaba sentado en la mesa de la cocina, disfrutando de su cereal favorito
mientras la luz del sol atravesaba las cortinas, llenando la habitación de una calidez tranquila.

Esa calma se desvaneció en un instante. Su padrastro entró de repente y, con un tono severo, le ordenó dejar su desayuno y impiar el piso de la cocina. La voz dura de su padrastro llenó la habitación, reemplazando la serenidad de la mañana con una sensación de tensión y miedo. Jimmy, ansioso por evitar problemas pero sintiéndose atrapado bajo las demandas, se levantó a
regañadientes para cumplir con la tarea.

De rodillas, con un balde de agua y jabón, Jimmy pasó más de una hora limpiando el piso. A pesar de su esfuerzo, todo terminó en críticas por una mancha que quedó. La expectativa de recibir algún elogio se desvaneció en decepción, reforzando en él sentimientos de insuficiencia e impotencia.

Ese momento quedó profundamente grabado en su memoria, vinculado a la voz severa de su padrastro, un sonido que hacía que Jimmy temblara y se paralizara.

Al reflexionar sobre este recuerdo, Jimmy empieza a notar patrones y escenas recurrentes que le ofrecen pistas clave sobre su ansiedad. Aunque reconocer la raíz de su malestar le da algo de alivio, pronto se da cuenta de que esto no basta para superar el miedo que lo acompaña.

Decidido a llegar al fondo de sus miedos, Jimmy se embarca en un viaje de autodescubrimiento. Poco a poco, comienza a conectar cómo los momentos de trauma y vulnerabilidad moldearon sus respuestas emocionales, dándole una comprensión más profunda de sí mismo y de las raíces de su ansiedad.

En un momento de claridad, Jimmy se dice a sí mismo: "¡Esto es! Ahora entiendo que al abusador no le importa la limpieza del piso. Solo quiere hacerme miserable porque soy el hijo de mi madre."

Esta revelación se convierte en un paso crucial para romper el control que el miedo y la ansiedad han ejercido sobre su vida.

Jimmy reflexiona más profundamente: "Cada vez que escuchaba su voz después de ese día, corría a esconderme, aunque siempre terminaba encontrándome. Esa voz quedó grabada en mi mente, alimentando mi ansiedad porque vivía con el miedo constante de lo que él podría hacer o exigir a continuación. Fue el inicio de una existencia llena de temor."

Con el origen de su ansiedad ahora claro, Jimmy decide enfrentarlo y reducir su poder sobre él.

A través de la exploración y el autoconocimiento, comienza a desarrollar estrategias personalizadas que se adaptan a sus necesidades, ayudándolo a recuperar el control sobre sus pensamientos y emociones.

Ahora pasemos al siguiente capítulo, donde exploraremos estas estrategias en profundidad y aprenderemos cómo abordar y superar los factores que desencadenan la ansiedad de manera efectiva.

CAPÍTULO DIEZ:

EXPLORANDO MÁS A FONDO
LOS DESENCADENANTES DE LA ANSIEDAD

Comprender las causas profundas de la ansiedad o los factores que dieron forma a quiénes somos hoy requiere una profunda inmersión en nuestros pensamientos, sentimientos y experiencias pasadas a través de la introspección y la autorreflexión.

Al examinar cuidadosamente estos aspectos, podemos descubrir desencadenantes y creencias específicas que influyeron en nuestra autopercepción y contribuyeron a la ansiedad. Este proceso ofrece valiosos conocimientos sobre los orígenes de nuestras luchas y fomenta el crecimiento personal.

La introspección y la autorreflexión son herramientas esenciales para identificar los desencadenantes o creencias exactos detrás de la ansiedad y dar forma a nuestro yo actual.

Las siguientes son algunas sugerencias para guiar este proceso:

1. Analiza los eventos que desencadenan ciertas reacciones:

Aquellos que hayan generado ansiedad o dejado una marca profunda en ti. Piensa en aquellas situaciones que te hicieron sentir abrumado, paralizado o fuertemente influenciado, ya sea de manera positiva o negativa.

_____

_____

_____

_____

2. Observa tus reacciones y emociones:

Presta atención a lo que sentiste en esos momentos. ¿Apareció el miedo, la vergüenza o la duda? Reconocer tus emociones puede ayudarte a descubrir las creencias que tienes sobre ti mismo.

_____

_____

_____

_____

3. Identifica tendencias repetitivas:

Presta atención a las situaciones que suelen provocarte ansiedad. Identificar estos patrones puede ayudarte a descubrir creencias arraigadas que moldean tu autoimagen.

_____

_____

_____

_____

4. Reflexiona sobre tus creencias:

Examina las ideas que están detrás de tus reacciones. ¿De dónde provienen? ¿Están basadas en la realidad o son distorsiones de tu percepción? Desafíelas y, si es necesario, reformúlalas.

_____

_____

_____

_____

Explorar creencias arraigadas puede ser complejo. Si en algún momento sientes que el proceso te resulta abrumador, busca la ayuda de profesionales en quienes confíes, que te ofrezcan apoyo y un espacio seguro para profundizar.

Ten en cuenta que el autoconocimiento y el crecimiento son un proceso constante. Sé paciente y amable contigo mismo mientras reflexionas y aprovechas la oportunidad de redefinir tu vida de acuerdo a tus valores y aspiraciones.

AVANCEMOS AL MOMENTO ACTUAL DE JIMMY EN EL JUEGO

Desentrañar el preciso momento en el que Jimmy comienza a creer que es un caso perdido y que no hay nada que pueda hacer, es la clave para desbloquear una comprensión profunda que lo impulse hacia un camino de crecimiento.

Al adentrarse en las profundidades de este FACTOR desencadenante, Jimmy gana la capacidad de enfrentar su ansiedad de frente, armado con una nueva perspectiva.

Verás, esto es lo que Jimmy se ha convertido: una persona tímida con un toque de rebeldía. Da un paso cauteloso hacia adelante, pero a menudo se encuentra dando dos pasos atrás cuando intenta perseguir lo que realmente ama. En su búsqueda, ha aprendido a no revelar demasiado sobre sí mismo y a ser cauteloso al confiar en los demás.

Sin embargo, en lo profundo de su ser, existe un ardiente deseo de lograr la victoria, de tener éxito en algo significativo. A pesar de su insignificancia percibida, Jimmy mantiene una creencia interna de que es alguien, no el nadie que a menudo cree ser.

Impulsado por esta realización, Jimmy emprende un viaje transformador de autodescubrimiento. Se da cuenta cada vez más de que el entorno en el que creció ha jugado un papel significativo en su formación: tanto en sus temores como en sus aspiraciones.

Con una curiosidad ardiente, busca comprender las complejidades de cómo su entorno lo ha moldeado en la persona que es hoy.

Al adentrarse en esta búsqueda de autoconocimiento, Jimmy espera descubrir los aspectos ocultos de su identidad, desenterrando el potencial no aprovechado dentro de él.

A lo largo de este viaje, Jimmy enfrenta sus miedos, desafía sus limitaciones y abraza lo desconocido. Aprende a cuestionar las creencias y narrativas que han dado forma a su percepción de sí mismo.

Con cada paso que da, Jimmy descubre nuevas dimensiones de su carácter, desentraña sus pasiones y despierta el coraje para perseguir sus sueños con todo su ser.

Este viaje de autodescubrimiento no está exento de obstáculos, ya que Jimmy se encuentra con retrocesos, dudas y momentos de vulnerabilidad. Sin embargo, persevera, impulsado por la profunda realización de que desbloquear su verdadero ser conducirá a una vida plena y con propósito.

A lo largo del camino, busca orientación de mentores, se sumerge en experiencias diversas y se dedica al autoexamen para obtener una comprensión más profunda de quién es realmente.

A medida que Jimmy continúa su viaje, poco a poco deja atrás la timidez que antes lo limitaba. Se vuelve más audaz, más resiliente y sin miedo de abrazar su yo auténtico. La transformación que experimenta no es solo externa, sino un cambio interno profundo que redefine su perspectiva de la vida.

En última instancia, el viaje de autodescubrimiento de Jimmy es un testimonio del poder de la autoobservación, el crecimiento y la búsqueda de las verdaderas pasiones de uno mismo.

A través de la autorreflexión y la disposición a desafiar sus propias limitaciones, emerge como una persona más confiada y segura de sí misma.

Armado con una renovada autoconfianza y un sentido claro de propósito, Jimmy se dispone a conquistar el mundo, sabiendo que es capaz de lograr grandeza y dejar una huella indeleble en el tapiz de su propia vida.

MOLDEADO POR EL ENTORNO, PERO NO DEFINIDO POR EL

Jimmy se da cuenta de que, aunque su entorno tuvo un impacto significativo en su vida, no tiene por qué definir quién es. Reflexiona sobre cómo estas experiencias moldearon su carácter y comienza a identificar los momentos clave que marcaron su cambio.

Antes de que Jimmy empezara a verse como "débil y sin esperanza", su vida estaba llena de energía, sueños y un espíritu valiente. Enfrentaba cada desafío con determinación e inteligencia. Su amabilidad era genuina, y su personalidad extrovertida creaba conexiones fuertes con quienes lo rodeaban.

Jimmy tenía una habilidad especial para encontrar gratitud en los pequeños momentos de la vida. Esa gratitud y alegría eran su sello personal. Era vibrante, positivo y lleno de posibilidades, antes de que las dudas sobre sí mismo comenzaran a nublar su camino.

La Ley de la Atracción propone que nuestros pensamientos y creencias más fuertes moldean las experiencias que atraemos. En el caso de Jimmy, sus creencias como "Soy inútil y débil" o "No hay nada que pueda hacer" crearon un ciclo que las reforzaba constantemente. Estas ideas lo llevaron a enfrentarse repetidamente a situaciones en las que se sentía impotente, lo que fortalecía aún más su duda interna y frenaba su avance.

Por ejemplo, mientras perseguía su sueño de convertirse en un jugador exitoso, la creencia de que estaba "desamparado" y era "incapaz" lo paralizó. Evitaba dar pasos para mejorar, buscar nuevas oportunidades o superar los desafíos.

Ahora, Jimmy está trabajando activamente para afrontar y superar su ansiedad. Al identificar sus desencadenantes, recrea situaciones que le provocan ansiedad para enfrentarlas de manera directa. En lugar de evitarlas o reprimir esos pensamientos, los reconoce, permitiéndose procesarlos y comprender su origen.

Con práctica constante, Jimmy logra disminuir la intensidad de estos factores, recuperando el control de sus emociones y rompiendo el ciclo de la ansiedad.

Jimmy reconoce que, a menos que transforme sus patrones de pensamiento recurrentes, su entorno seguirá influyéndolo. Así que inicia un viaje de transformación para reconfigurar activamente sus pensamientos y cambiar su entorno.

Primero:

Jimmy presta atención a esa voz interna que le dice que es "débil e inútil". La próxima vez que la escucha, no la combate. En lugar de luchar contra ella, la deja estar, observándola sin reaccionar, hasta que el miedo y su influencia comienzan a disminuir.

Segundo:

Después de identificar la voz, Jimmy responde: "Sí, entiendo que me percibas como débil y sin esperanza. Gracias por compartirlo. Acepto tus palabras." Repite esta respuesta cada vez que la voz surge, hasta que la vence por completo.

A través de este proceso, Jimmy da un paso empoderado hacia la transformación de su realidad y se libera de las limitaciones de las creencias de su pasado.

LO QUE RESISTES PERSISTE

La frase "lo que resistes persiste" resalta un principio importante en el crecimiento personal: cuando luchamos contra o intentamos suprimir una situación, emoción o problema, a menudo le damos más poder.

La energía que invertimos en resistir puede reforzar, sin querer, lo mismo que deseamos evitar.

Por otro lado, reconocer, aceptar y abordar el problema directamente suele llevar a una resolución o transformación.

Ejemplos de Resistencia y su Persistencia:

1. Conflictos en relaciones:

Imagina a dos personas en desacuerdo. Si una de ellas evita hablar del problema o minimiza las preocupaciones, la tensión aumenta, y resolver el conflicto se vuelve más complicado. Pero al abordar el problema con una comunicación abierta y voluntad de escuchar, la resistencia desaparece y el progreso se hace posible.

2. Emociones no deseadas:

Supón que alguien siente ansiedad al hablar en público. Si evita las oportunidades de hablar para no enfrentar esa ansiedad, el miedo se intensifica. Sin embargo, al exponerse poco a poco al público y aceptar su ansiedad, puede reducir su intensidad y ganar confianza.

3. Salud y hábitos:

Piensa en alguien que lucha con la procrastinación. Ignorar las tareas o distraerse constantemente solo aumenta el estrés y hace que el trabajo parezca más abrumador. Dividir las tareas en pasos pequeños y enfrentarlas directamente puede reducir la resistencia y facilitar el progreso.

4. Creencias de la infancia:

Un niño que escucha repetidamente que "no es lo suficientemente bueno" podría luchar contra esta creencia buscando la perfección. Pero cuanto más intenta superar ese sentimiento de insuficiencia, más lo refuerza. Al cuestionar la raíz de esta creencia y desafiar su validez, puede empezar a reescribir su narrativa.

Cuando Jimmy enfrentó por primera vez la voz en su cabeza, se llenó de ansiedad. Su reacción inmediata fue huir y esconderse, esperando que desapareciera. Pero cada vez que la voz volvía, Jimmy resistía más, atrapándose en un ciclo repetitivo.

Paradójicamente, resistir no apagó la voz, sino que la hizo más fuerte. Cuanto más intentaba suprimirla o ignorarla, más persistente se volvía, convirtiéndose en una fuente constante de estrés.

Esta es la esencia de la resistencia—En lugar de solucionar el problema, puede fortalecerlo. En el caso de Jimmy, evadir la voz le otorgaba más poder, alimentando sus temores y reafirmando su creencia de que era indefenso y débil. Se dio cuenta de que huir de la voz no estaba resolviendo nada.

Jimmy experimenta un avance al cambiar su enfoque. En lugar de luchar contra la voz, hizo una pausa, la reconoció y la enfrentó con curiosidad. Pensó, ¿y si dejo que esta voz exista en lugar de intentar silenciarla? Al hacerlo, comenzó a ver la voz por lo que era: un reflejo de miedos pasados, no una verdad sobre su presente o futuro.

Por ejemplo:

• Cuando la voz decía: "Eres débil e inútil", Jimmy respondía con calma: "Gracias por tu opinión, pero elijo no creer eso."

• Cuando la ansiedad aparecía, la enfrentaba diciendo: "Te reconozco, pero no me defines."

Cada vez que reconocía la voz sin resistirse a ella, su poder disminuía.

Esta práctica, aunque desafiante, ayudó a Jimmy a replantear sus creencias y tomar el control de sus emociones.

Este principio no se limita solo a Jimmy; es algo que todos podemos aplicar. Ya sea con miedos, emociones indeseadas o problemas que persisten, la resistencia generalmente solo agrava la situación.

Aquí una práctica stencilla para dejar de resistir

1. Pausa y Reconoce: En lugar de pelear contra lo que sientes, detente y reconoce la emoción o el desafio que enfrentas.

2. Ponle un nombre: Dale un nombre claro: "Esto es ansiedad," "Esto es duda," o "Este es miedo."

3. Siéntete con ella: Déjala estar sin juzgarla. Respira profundamente y recuerda: "Esto es temporal, pasará."

4. Replantea: Desafía la creencia detrás de tu resistencia. Sustitúyela con un

pensamiento positivo o fortalecedor.

Por ejemplo:

- ¿Miedo al fracaso?
Replantea con: "El fracaso es una oportunidad para aprender y crecer."

- ¿Miedo al rechazo?
Recuerda: "El rechazo no define mi valor."

Al pasar de la resistencia a la aceptación, puedes liberarte de los patrones que te limitan. La experiencia de Jimmy demuestra que la transformación comienza cuando dejamos de luchar y comienzas a entender.

PERMITIENDO
QUE FLUYA LIBREMENTE, SIN RESISTENCIA

Jimmy presta especial atención a la voz cuando aparece, anotando lo que dice ("Eres tonto," "No vales nada," "No puedes hacer nada bien") y observando cómo lo afecta, incluidas las sensaciones en su cuerpo.

Jimmy evita conscientemente resistirse a la voz. En lugar de eso, permite que exista. Permitir que algo exista significa permitir que una situación o pensamiento exista sin interferencia o resistencia.

Implica adoptar una mentalidad de no resistencia, dejando que las cosas se desarrollen de forma natural sin intentar controlarlas o cambiarlas.

Este enfoque significa reconocer la voz sin juicio ni supresión, abrazando su presencia mientras permaneces presente en el momento.

Al permitir que la voz exista, Jimmy practica una plena conciencia, escuchando su cuerpo y mente sin entrar en conflicto. No está de acuerdo ni en desacuerdo con las afirmaciones de la voz, sino que reconoce su presencia con aceptación.

Una vez que Jimmy comienza a sentirse más tranquilo y la voz deja de ser tan perturbadora, empieza a reprogramar su mente al afirmar:

"Jimmy, eres poderoso. Tienes el poder de moldear tu ser interior. Aunque fuiste influenciado por tu entorno, ahora es el momento de influir en lo que te rodea."

Si Jimmy puede hacer esto, entonces nosotros también somos capaces de superar nuestros propios desafíos. Detengámonos un momento y realicemos el ejercicio tal como lo hace Jimmy:

1. Presta mucha atención a los pensamientos relacionados con la voz interior que causa ansiedad o limitaciones. ¿Qué está diciendo?

_____

_____

_____

_____

2. Una vez que tengas claro lo que la voz está comunicando, no luches contra ella. Permítela estar, reconociendo su presencia sin resistencia. Continúa hasta que te sientas tranquilo y libre o hasta que el miedo o la perturbación disminuyan.

_____

_____

_____

_____

3. Responde a la voz diciendo:

"Sé que esto es lo que crees que soy,
(e.g., desesperanzado o impotente), _____
pero sé que soy (e.g.,
fuerte y poderoso)."_____

4. Repite este proceso cada vez que aparezca la voz hasta que la hayas conquistado. Como lo ilustra el ejemplo de Jimmy, podemos reconocer nuestros pensamientos y emociones sin juicio, permitiéndoles simplemente existir.

CAPÍTULO ONCE:

PENSAMIENTOS INCONSCIENTES

Los pensamientos que frecuentemente tenemos se vuelven automáticos y ocurren sin que nos demos cuenta conscientemente. Con el tiempo, esta repetición fortalece ciertos patrones en nuestro cerebro, los cuales pueden moldear la forma en que percibimos la realidad.

Al explorar cómo los pensamientos inconscientes moldean nuestra percepción a través de la repetición, se hace evidente que la forma en que pensamos día tras día tiene un impacto profundo en nuestras creencias y visión de la realidad. Este concepto se alinea con los enfoques compartidos por el Dr. Joe Dispenza.

Dr. Joe Dispenza en: How to Brainwash Yourself for Success and Destroy Negative Thoughts. En este podcast, Dr. Joe Dispenza compartió ideas profundas durante su entrevista como orador principal.

Él enfatizó que nuestros pensamientos tienden a seguir patrones familiares, con alrededor del 90% de nuestro pensamiento reflejando los pensamientos del día anterior.

Explicó que los pensamientos repetitivos eventualmente se transforman en creencias, mientras que las células nerviosas de nuestro cerebro refuerzan su conexión a través de la activación constante.

Estas conexiones automáticas hacen que nuestros pensamientos se vuelvan inconscientes, a menudo difuminando la línea entre la verdad y nuestra percepción subjetiva. Esto se refiere al proceso mediante el cual nuestros pensamientos repetitivos se arraigan y se vuelven automáticos.

A medida que las conexiones neuronales de nuestro cerebro se fortalecen a través de la repetición, estos pensamientos se vuelven inconscientes, lo que significa que puede que no estemos completamente conscientes de ellos ni los analicemos de manera consciente.

Esta naturaleza inconsciente de nuestros pensamientos puede llevar a difuminar la línea entre lo que es subjetivamente verdadero y nuestra propia percepción o interpretación subjetiva de la realidad.

A continuación, un desglose de los componentes clave:

1.   Naturaleza inconsciente de nuestros pensamientos:
Esto se refiere a la idea de que una parte significativa de nuestro pensamiento ocurre de forma automática y fuera de nuestra conciencia. No siempre pensamos activamente en estos pensamientos ni los analizamos.

2.   Difuminación de la línea:

Esto indica que la distinción o el límite entre dos cosas se vuelve menos claro o definido.

3.   Verdad objetiva:

Esto se refiere a hechos o información que existen independientemente de opiniones personales o sesgos. La verdad objetiva se basa en evidencia verificable.

4.   Percepción o interpretación subjetiva de la realidad:

Describe cómo interpretamos o entendemos el mundo de acuerdo con nuestras perspectivas, creencias y experiencias individuales. La subjetividad reconoce que diferentes personas pueden tener interpretaciones o percepciones distintas de la misma realidad.

Cuando la naturaleza inconsciente de nuestros pensamientos difumina la línea entre lo que es objetivamente verdadero y nuestra propia interpretación subjetiva de la realidad, significa que nuestros pensamientos automáticos e inconscientes empiezan a modelar cómo vemos el mundo.

Esta influencia hace que sea más difícil separar la verdad objetiva de nuestros puntos de vista o sesgos personales. Es decir, nuestros patrones de pensamiento automáticos pueden distorsionar nuestra percepción de la verdad, dificultando la distinción entre la realidad objetiva y nuestras creencias o prejuicios personales.

Esto explica por qué el enfoque de Jimmy requerirá esfuerzo. Debido al desafío de distinguir entre la realidad y la percepción, es importante prestar mucha atención y centrarse en los pensamientos que surgen de nuestras experiencias pasadas. A través de este proceso, podemos identificar las creencias que se han formado y que actualmente impactan nuestros sentimientos de ansiedad, estrés y otras emociones.

El Dr. Joe también destacó que aceptar y rendirse a un pensamiento sin analizarlo puede perpetuar un ciclo de elecciones, comportamientos, experiencias y emociones repetitivas.

Aprecio la manera en que lo expresó cuando dijo: "El hecho de que tengas un pensamiento no significa necesariamente que sea verdad. Si tienes ese pensamiento y lo aceptas, lo crees, rindiéndote a él sin analizarlo."

Luego agregó: "Ese pensamiento llevará a la misma elección, que llevará al mismo comportamiento, resultando en la misma experiencia y produciendo la misma emoción."

Luego continuó: "La misma emoción luego impulsa esos mismos pensamientos. Con el tiempo, nuestra biología, circuitos, químicos, hormonas y expresión génica permanecen sin cambios.

Y luego, señaló que abrazar el cambio puede generar incomodidad, ya que desafía estos patrones familiares."

En términos simples, Dr. Joe está diciendo que cuando aceptamos un pensamiento sin cuestionarlo, podemos atraparnos sin saberlo en un ciclo. Este ciclo implica repetir una y otra vez las mismas elecciones, comportamientos, experiencias y emociones una y otra vez.

Por ejemplo, si tenemos un pensamiento negativo y lo aceptamos como verdadero sin examinarlo, es más probable que tomemos decisiones y actuemos de maneras que refuercen ese pensamiento. Este patrón nos mantiene atrapados en emociones familiares como el estrés o la frustración, porque nuestra mente y cuerpo ya están acostumbrados a ellas.

Con el tiempo, esta repetición afecta nuestra biología, los circuitos de nuestro cerebro, los químicos e incluso las expresiones génicas permanecen iguales porque no estamos desafiando nuestros patrones.

El Dr. Joe enfatiza que el cambio real requiere romper estos patrones, lo cual puede resultar incómodo. Salir de nuestra zona de confort y cuestionar estos pensamientos automáticos es clave para crear nuevas experiencias, emociones y una versión diferente de nosotros mismos.

El enfoque de Jimmy requerirá un esfuerzo considerable de nuestra parte debido al dominio de nuestros pensamientos internos, los cuales se han arraigado profundamente en nuestros cerebros.

Al decir esto, nos referimos a la idea de que nuestros patrones de pensamiento arraigados han permanecido sin cambios durante un período significativo. Requerirá de nuestra participación activa y un compromiso firme para desafiar y reconfigurar nuestros patrones de pensamiento establecidos.

Con el tiempo, la paciencia y un esfuerzo constante, y al adoptar nuevas perspectivas, creencias y actitudes, es posible remodelar nuestra mentalidad interna y trascender las limitaciones de nuestros pensamientos anteriores.

Tenemos el poder de transformar nuestro entorno y crear una vida más plena y enriquecedora.

LA ADAPTABILIDAD DEL CEREBRO A LAS EXPERIENCIAS

Según la neurociencia, nuestro cerebro es increíblemente adaptable y tiene la capacidad de reconfigurarse según nuestras experiencias. Este proceso se conoce como neuroplasticidad.

Cuando nos involucramos repetidamente en ciertos patrones de pensamiento o comportamientos, las vías neuronales asociadas con esos patrones se fortalecen y se vuelven más eficientes, convirtiéndolos en el modo predeterminado de funcionamiento de nuestro cerebro.

Si tus pensamientos internos han estado dominados por patrones negativos o poco saludables, como la autocrítica, el pesimismo o creencias limitantes, puede ser un desafío liberarte de ellos.

Cuanto más arraigados estén estos patrones, más difícil puede ser cambiarlos. Esto se debe a que las vías neuronales asociadas con estos pensamientos se han establecido bien y se han vuelto automáticas.

Sin embargo, es importante señalar que la neuroplasticidad funciona en ambas direcciones. Así como los patrones negativos pueden arraigarse profundamente, los patrones positivos y formas más saludables de pensar también pueden desarrollarse.

Al involucrarte conscientemente en nuevos pensamientos, comportamientos y perspectivas, puedes empezar a crear nuevas conexiones neuronales y debilitar las antiguas. Aunque no sea fácil liberarte de los patrones de pensamiento profundamente arraigados, ciertamente es posible con esfuerzo, práctica y paciencia.

Técnicas como la terapia cognitivo-conductual, la atención plena, las afirmaciones positivas y la autorreflexión pueden contribuir a reconfigurar tu cerebro y cultivar una mentalidad más positiva y empoderadora.

Recuerda, la plasticidad del cerebro significa que el cambio siempre es posible. Y con persistencia, puedes transformar gradualmente tus patrones de pensamiento y lograr el crecimiento personal y el bienestar.

Aunque la neuroplasticidad resalta la capacidad del cerebro para adaptarse y cambiar a través de pensamientos y comportamientos repetidos, crear una transformación duradera requiere un esfuerzo consistente. Aquí es donde entra en juego la regla 21/90.

LA REGLA DEL 21/90

La regla del 21/90, también conocida como la "Regla de Formación de Hábitos", sugiere que se necesita aproximadamente 21 días de esfuerzo constante para formar un nuevo hábito y unos 90 días para que se convierta en un cambio permanente.

El concepto de formación de hábitos ha sido discutido por muchos expertos a lo largo de los años, y la regla del 21/90 se suele atribuir al Dr. Maxwell Maltz, un cirujano plástico y autor.

En su libro "Psico-Cibernética", publicado en 1960, el Dr. Maltz exploró ideas relacionadas con la formación de hábitos y la transformación personal.

Aunque la regla 21/90 es ampliamente citada, es importante señalar que el tiempo necesario para formar un hábito puede variar según la persona y la complejidad del hábito que se esté desarrollando.

Por lo tanto, la regla 21/90 se alinea bien con la idea de que reconfigurar patrones de pensamiento o formar nuevos hábitos requiere tiempo, paciencia y repetición, lo cual es coherente con el concepto de neuroplasticidad mencionado anteriormente.

En el caso de Jimmy, si se mantiene comprometido con la construcción de nuevos patrones de pensamiento y aplica de manera constante las técnicas y enfoques necesarios, puede esperar ver un progreso significativo dentro de los primeros 21 días.

Al seguir reforzando estos nuevos patrones durante un período de 90 días, aumentan las posibilidades de que se conviertan en hábitos profundamente arraigados.

Recuerda que transformar pensamientos y desarrollar nuevos patrones es un proceso que requiere esfuerzo constante, autorreflexión y flexibilidad para adaptarse a los cambios.

La regla del 21/90 es una referencia general, pero cada persona puede tener una experiencia diferente. Lo esencial es mantener el compromiso, la paciencia y la constancia al practicar nuevos patrones para lograr un cambio duradero.

Con dedicación y esfuerzo continuo, podemos superar las limitaciones de nuestro entorno y elevarnos por encima de las circunstancias y las influencias externas. Iremos más allá de los obstáculos externos y avanzaremos hacia el crecimiento y el desarrollo personal.

SER MÁS GRANDE QUE TU ENTORNO SIGNIFICA

1. Creencia en uno mismo y empoderamiento: Desarrollar una confianza inquebrantable en tu capacidad para superar las circunstancias, sin importar lo desafiantes que sean. Implica reconocer tu valor y aprovechar tu potencial para crear cambios positivos.

2. Cambio de mentalidad: Transformar la forma en que percibes los desafios, viéndolos como oportunidades de crecimiento en lugar de barreras insuperables. Esta perspectiva te permite ver posibilidades que otros podrían pasar por alto.

3. Resiliencia y determinación: Cultivar la fortaleza interior para enfrentar la adversidad con coraje y perseverancia. La resiliencia no solo significa soportar las dificultades, sino usarlas como peldaños hacia el logro de tus metas.

4. Crecimiento personal: Abrazar el compromiso de aprender y descubrirse a uno mismo a lo largo de la vida, ya sea adquiriendo nuevas habilidades, reflexionando sobre experiencias pasadas o esforzándote por convertirte en la mejor versión de ti mismo. El crecimiento se convierte en un enfoque central.

5. Influencia y liderazgo: Elegir impactar positivamente a los que te rodean, liderando con integridad e inspirando a otros a ver su potencial. Esto podría significar elevar a tu comunidad, abogar por el cambio o simplemente ser un modelo a seguir en tu entorno.

Ser más grande que tu entorno es dar un paso más allá de las limitaciones. Significa negarse a dejar que tu entorno dicte quién eres o lo que puedes lograr. En su lugar, se trata de tomar el control de tu narrativa, hacer elecciones intencionales y esforzarse por la excelencia, manteniéndose adaptable ante los desafíos.

El viaje de Jimmy ejemplifica esta transformación. A medida que sigue abordando su ansiedad, ya no solo reacciona a su entorno. Está activamente moldeándolo.

En lugar de sucumbir a sus antiguos patrones de pensamiento limitantes, Jimmy hace una pausa consciente para reflexionar y reevaluar. A través de estos cambios intencionales, Jimmy se encuentra en un camino de crecimiento.

Su capacidad para navegar por circunstancias emocionales incómodas fomenta un sentido de fortaleza y autonomía. Al crear nuevos patrones de pensamiento, Jimmy redefine su realidad, y su creciente sentido de paz interior y felicidad es un testimonio del poder de su transformación.

Ahora, enfoquémonos en otra historia, la de Mia. A través de su experiencia, exploraremos lo que sucede cuando se le arrebata la libertad de tomar decisiones, revelando el profundo impacto de las circunstancias externas y la formación de la identidad.

5

¿MOLDEASTE TU ENTORNO
O ÉL TE MOLDEÓ A TI?
CAPÍTULO DOCE:

CAPÍTULO DOCE:
LA HISTORIA DE MIA MIA STORY

Hasta ahora, Lucy ha proporcionado ideas sobre cómo se forman las creencias y cómo estas dan forma a las narrativas que creamos sobre nuestras vidas. Estas creencias fundamentales sirven como la base de nuestra identidad, definiendo cómo nos vemos a nosotros mismos e interactuamos con el mundo. Para cuando llegamos a la edad adulta, estas creencias han construido una historia compleja que influye en todos los aspectos de nuestras vidas.

De Johnny, aprendimos cómo las creencias arraigadas en el miedo pueden impedir la acción, como lo ilustra su declaración: "Nunca, jamás..." La historia de Jimmy, por su parte, demostró cómo las creencias profundamente arraigadas están a menudo relacionadas con momentos clave de ansiedad.

Estas creencias, formadas en respuesta a experiencias específicas, permanecen almacenadas en la memoria y se reactivan mediante disparadores, influenciando sus reacciones y emociones en el presente.

Ahora, nos centramos en la historia de Mia. A través de sus experiencias, exploraremos lo que sucede cuando no se tiene la libertad de elegir. Las luchas de Mia comenzaron temprano en su vida, destacando cómo las circunstancias externas y las presiones sociales pueden limitar la capacidad de una persona para tomar decisiones y y a la vez empiezan a formar su modo de ser.

A los cinco años, Mia era una niña juguetona y alegre que vivía con su padre. Sin embargo, su mundo comenzó a cambiar cuando sus compañeros se burlaron de su apariencia.

Al principio, Mia no entendió su ridiculización, pero finalmente se dio cuenta de la gran diferencia entre ella y las otras niñas. Mientras ellas usaban vestidos bonitos, Mia llegaba a la escuela con pantalones holgados, asemejándose más a un niño que a una niña.

Herida y confundida, Mia le pidió a su padre un vestido, pero él se negó. Ya fuera por limitaciones económicas o por otras razones, su solicitud fue rechazada.

Mientras tanto, el acoso se intensificó, aislando aún más a Mia. Las burlas hirientes la etiquetaron como un niño, erosionando su confianza y creando una profunda sensación de no pertenecer.

La escena del acoso afectó la autoimagen de Mia. Un día, mientras reflexionaba sobre los crueles comentarios, surgió un pensamiento preocupante: "Soy fea". Esta autocrítica pronto se intensificó: "No solo soy fea, soy la más fea de la escuela".

Estos pensamientos se arraigaron, moldeando cómo Mia se veía a sí misma. Mia se alejó de sus compañeros, evitando la escuela y el juego.

Buscó consuelo en el sueño, retirándose a la cama cada día después de la escuela, a veces saltándose las comidas para escapar de la sensación de sentirse fea.

Sus luchas se vieron agravadas por circunstancias fuera de su control.

La negativa de su padre a dejarla usar un vestido le negó una forma sencilla de encajar y expresarse. En la escuela, el acoso implacable destruyó su confianza.

Mientras tanto, la ausencia de su madre dejó a Mia sin el apoyo materno que necesitaba durante este tiempo tan difícil.

La historia de Mia es un recordatorio conmovedor de cómo las fuerzas externas y las creencias internalizadas pueden limitar nuestras opciones, moldear nuestra identidad y dejarnos sintiéndonos aislados y sin fuerzas.

CUANDO LAS OPCIONES SON LIMITADAS Y LAS VOCES NO SE ESCUCHAN

La vida puede ser dura, especialmente para los niños que aún están descubriendo el mundo que los rodea. Nuestro entorno influye profundamente en quiénes nos convertimos, sobre todo cuando las opciones son limitadas o inexistentes.

Lamentablemente, incluso las peticiones más inocentes de los niños a veces son ignoradas o rechazadas por sus cuidadores, quienes quizá también experimentaron una falta de consideración en sus propias vidas.

El peso de las influencias externas se hace evidente cuando la vida impone decisiones sobre nosotros, ya sea a través del sistema escolar, las autoridades o la presión de los compañeros. Al crecer, a menudo parece que la elección no es una opción, ya que las fuerzas externas prevalecen sobre la propia voluntad. Estas dinámicas resaltan lo desafiante que puede ser la infancia y la importancia de fomentar entornos donde las voces y decisiones de los niños sean respetadas y valoradas.

A medida que Mia crecía y se reencontraba con su madre, seguía cargando con la creencia de sentirse fea. Un día, mientras observaba a su madre aplicarse maquillaje con elegancia, pensó para sí misma: "Se ve bonito. Tal vez yo también pueda intentarlo."

Movida por la curiosidad, Mia decidió explorar la idea de mejorar su apariencia e invitó a su prima a unirse a la aventura. Emocionadas, entraron en la habitación de su madre, donde descubrieron un tesoro de maquillaje en un estuche elegante.

Con risas y sonrisas, experimentaron cuidadosamente con diferentes tonos, pinceles y técnicas, transformando sus rostros en lienzos vibrantes.

Admirando sus nuevos looks frente al espejo, una sensación de alegría llenó la habitación. Se intercambiaron risas y expresiones de deleite, exclamando: ¡Es divertido!

Mientras Mia y su prima alcanzaban el punto culminante de su juego, completamente absortas en su alegre exploración, su momento de diversión se vio interrumpido cuando su madre entró en la habitación y las sorprendió con tacones y maquillaje.

En ese momento crucial, una sensación de inquietud se apoderó de ellas al notar la expresión y el comportamiento de su madre, que se mostraba visiblemente enojada y severa. El repentino cambio en su rostro y actitud las hizo quedarse inmóviles, sin saber cómo sería recibida su divertida travesura.

La situación despertó en Mia recuerdos de elecciones limitadas, como cuando le prohibieron llevar vestido a la escuela. En ese momento, una sensación familiar resurgió dentro de ella, como si, una vez más, le estuvieran restringiendo sus opciones.

De inmediato, pensó para sí misma: "Oh no, no se me permite usar maquillaje." Su temblor y malestar se intensificaron cuando su madre comenzó a cuestionar sus motivos para maquillarse.

Su madre comienza a regañarla, bombardeándola con preguntas como: "¿Por qué estás usando maquillaje y tacones? ¿Crees que eres una adulta?" Incluso hace comentarios insinuantes: "¿Te estás arreglando para los niños? ¿A quién intentas impresionar?"

Para ella, es simplemente una actividad divertida e inocente compartida con su prima, considerando que ve a su madre usar maquillaje a diario. Mia, siendo una niña que no comprendía del todo las preguntas, se queda sin palabras.

En ese momento, las burlas y el ridículo, no solo de su madre sino también de su abuela, intensificaron su incertidumbre, dejándola paralizada.

Los recuerdos regresan de cuando fue acosada por otros niños en la escuela, lo que refuerza aún más su creencia de ser fea y sentirse impotente. Esto genera una sensación de desesperanza, ya que carece de control sobre sus decisiones.

Mia queda en un estado de confusión, creyendo que algo está inherentemente mal en ella y que no hay nada que pueda hacer, ya que no hay opciones más que rendirse a lo que madre y abuela dicen.

Entonces, después de unos minutos, sintiéndose tanto despreciada como confundida, se quita el maquillaje y se quita los tacones.

En lo más profundo de su desesperación, incluso cuestiona su propia existencia, sumida en una idea inquietante de que es simplemente una presencia fantasmal. Siente que no tiene valor, desvaneciéndose lentamente en la nada.

La percepción que Mia tiene de sí misma ha cambiado, pasando de verse a sí misma como bella y atractiva a percibirse como poco atractiva, indeseable y carente de atractivo físico.

En ese preciso momento, Mia decidió que ya no es bonita ni aceptada. Ella piensa que es fea y no deseada. No solo eso, sino que, en su joven mente, se ha convertido en nada y en nadie. Mia crecerá creyendo que debe conformarse con menos porque no merece nada bueno. En su pequeña mente, ella dice: "Soy fea. No soy nada."

A partir de ahora, las acciones de Mia estarán alineadas con lo que ella cree sobre sí misma. Soy fea, no deseada y nada. Y no tengo más opción que rendirme a las opciones que la vida me ofrece.

Mia, Jenny, Jimmy y Lucy se han dado cuenta de cómo la influencia de su entorno, en ocasiones, les ha dejado con opciones limitadas, obligándoles a adaptarse a circunstancias impuestas.

En momentos de desesperación o confusión, las personas a menudo forman creencias que se arraigan profundamente. Cuando se activan, estas creencias causan malestar, llevando a patrones repetitivos de búsqueda de consuelo que, con el tiempo, se transforman en hábitos arraigados.

Las narrativas que creamos a partir de nuestras interpretaciones de las experiencias moldean cómo nos vemos a nosotros mismos, cómo nos relacionamos con los demás y cómo enfrentamos la vida. Sin embargo, estas historias a veces pueden ocultar nuestra verdadera identidad, llevándonos a vernos a través del filtro de nuestras creencias en lugar de abrazar nuestro yo auténtico.

Antes de que las influencias externas moldeen nuestras creencias, nuestra identidad es pura e inalterada, representando nuestro potencial innato, curiosidad, creatividad, bondad y fortaleza.

Reconectar con esta identidad central puede ser un viaje poderoso de autocomprensión y crecimiento personal. Al redescubrir quiénes somos realmente, podemos ganar autoconciencia y redefinir las historias que vivimos, fomentando el desarrollo emocional, mental y espiritual.

EL ANTES Y EL DESPUÉS DE LA FORMACIÓN DE LA IDENTIDAD

Antes de que los desafíos de la vida y las circunstancias externas nos moldeen, nuestra identidad es pura, intacta y llena de potencial. De niños, nos guiamos por la curiosidad y el asombro, explorando el mundo con entusiasmo e imaginación.

Nuestro sentido de identidad se basa en cualidades innatas como la bondad, la creatividad y la alegría. En esta etapa, la vida parece simple y sin límites; confiamos en el mundo sin el peso de expectativas, juicios o dudas.

Sin embargo, a medida que crecemos, enfrentamos desafíos: circunstancias inesperadas, presiones sociales y luchas emocionales que comienzan a desgastar esa identidad pura. Estas experiencias nos llevan a cuestionarnos quiénes somos, mientras las influencias externas moldean nuestras creencias, actitudes y comportamientos.

Ante estas dificultades, de manera instintiva, formamos creencias para dar sentido a nuestro entorno. Aunque muchas de estas creencias surgen como mecanismos de defensa, terminan arraigándose profundamente en nuestra mente.

Las historias de Mia, Johnny, Jimmy y Lucy muestran cómo estas creencias se arraigan. En momentos de desesperación o confusión, la mente interpreta los eventos y crea narrativas basadas en esas interpretaciones.

Estas narrativas, a su vez, determinan cómo nos vemos a nosotros mismos, cómo nos relacionamos con los demás y cómo percibimos las posibilidades que la vida nos ofrece.

Con el tiempo, este ciclo de formación de creencias, malestar desencadenado y comportamientos habituales de afrontamiento se solidifica en patrones que influyen en el rumbo de nuestra vida.

Por ejemplo, antes de que Mia sufriera acoso o Johnny experimentara el rechazo, probablemente se veían a sí mismos y al mundo como acogedores, amables y llenos de oportunidades.

Sus identidades iniciales no estaban agobiadas por sentimientos de insuficiencia o miedo. Sin embargo, a medida que surgieron los desafíos, comenzaron a interiorizar creencias limitantes sobre sí mismos, oscureciendo su identidad esencial. Estas creencias transformaron sus perspectivas, creando una brecha entre su yo auténtico y las imágenes distorsionadas que tenían de sí mismos.

La etapa "posterior", moldeada por estas influencias externas, a menudo se refleja en individuos que llevan el peso de la duda en sí mismos, el miedo y las narrativas limitantes. La identidad pura que alguna vez tuvieron queda enterrada bajo capas de historias falsas y mecanismos de afrontamiento.

El mundo, que en su momento era brillante y lleno de potencial, ahora se ve atenuado por el filtro de estas creencias. Las relaciones se perciben a través de la sospecha o la inseguridad, y la libertad para expresar el yo verdadero se ve limitada por el miedo al juicio o al rechazo.

Reconocer esta transformación es el primer paso hacia la sanación y el crecimiento. Al reconectar con su identidad auténtica—el yo esencial que existía antes de estas distorsiones—las personas pueden embarcarse en un viaje transformador de autodescubrimiento. Este proceso les permite desentrañar las narrativas falsas, desafiar las creencias limitantes y abrazar su verdadera esencia. Es un camino para recuperar la curiosidad, la confianza y la alegría que alguna vez tenian.

Como hemos visto en estas historias, nuestras creencias y las narrativas que creamos pueden moldear profundamente nuestras vidas. Sin embargo, no son fijas. Al comprender el proceso de formación de creencias y reconocer su impacto, abrimos la puerta a la transformación y a la posibilidad de vivir de manera auténtica y libre.

Ahora, observemos más de cerca el contraste entre el "antes" y el "después" en las vidas de Johnny, Mia y Jimmy.

Al examinar sus experiencias, podremos entender mejor cómo los desafíos y las circunstancias moldearon sus creencias, comportamientos y sentido de identidad.

EL ANTES Y DESPUÉS
DE JOHNNY

Antes:

Johnny era un niño dulce y estudioso, con un corazón amable y una pasión por aprender. Abordaba sus estudios con entusiasmo y perseverancia, siempre deseoso de ampliar sus conocimientos.

Más allá de lo académico, la compasión de Johnny se reflejaba en sus interacciones: ya fuera ayudando a un compañero, consolando a un amigo o brindando apoyo a los demás, siempre demostraba un genuino interés por quienes lo rodeaban.

Su amabilidad y dedicación dibujaban el retrato de un niño con un futuro brillante, enfocado en el crecimiento personal y en dejar una huella positiva. Hasta que un momento de decepción interrumpió su camino, sacudiendo su confianza y alterando su visión optimista de la vida.

Después:

En lo más profundo de su corazón, la creencia "no soy importante" echó raíces, moldeando sus pensamientos y minando su autoestima. A pesar de sus talentos, se sentía constantemente insuficiente y daba prioridad a las necesidades de los demás sobre las propias, descuidando su bienestar. Este descuido drenó su salud tanto emocional como física.

Johnny dudaba en expresarse, temiendo el rechazo y quedándose en silencio, atrapado en sus propias inseguridades. Se desvanecía entre la multitud para evitar confirmar su creencia de insignificancia, dejando pasar oportunidades de crecimiento por el miedo paralizante al fracaso.

En su búsqueda de aprobación externa, encontraba un alivio pasajero que nunca llenaba el vacío interno.

Sin embargo, apareció una chispa de esperanza. Poco a poco, Johnny se dio cuenta de que su creencia limitante no era inamovible. Inspirado por personas que reconocían su valor, inició un camino de autoconocimiento y desafió las ideas que lo habían confinado. Con el tiempo, fue fortaleciendo su autoestima, aceptando su singularidad y aprendiendo a equilibrar sus propias necesidades con las de los demás.

Con renovado valor, Johnny empezó a hacerse escuchar, descubriendo el poder de su voz y la relevancia de sus aportaciones. Al salir de la sombra, se animó a aprovechar las oportunidades, convencido de que incluso las acciones pequeñas podían generar cambios significativos. A medida que crecía su autoconfianza, encontró en sí mismo la validación que buscaba y aprendió a aceptarse plenamente.

Aunque la decepción había oscurecido sus virtudes, Johnny recuperó su esencia a través del crecimiento personal. Al redescubrir su dulzura, su pasión por aprender y su amabilidad, reincorporó estas cualidades en su vida, permitiendo que volvieran a brillar.

Su historia es una prueba del poder transformador que reside en cada uno, demostrando que el valor innato y el potencial siempre pueden renacer.

EL ANTES Y DESPUÉS
DE JIMMY

Antes:

Jimmy era un niño alegre y curioso, lleno de calidez y amabilidad. Su espíritu aventurero lo impulsaba a explorar el mundo que lo rodeaba. Trepaba árboles, resolvía rompecabezas y construía fortalezas, llenando sus días de creatividad y asombro.

Tenía un talento natural para conectar con las personas, haciendo amigos con facilidad gracias a su actitud juguetona y generosa. Jimmy era el niño que siempre compartía sus juguetes sin pensarlo dos veces y que cuidaba a sus compañeros, animándolos cuando estaban tristes.

En casa, era una fuente de alegría. Ayudaba a su madre con las tareas del hogar, contaba chistes para hacerla reír y escuchaba con atención cuando ella le narraba historias. Su curiosidad lo llevaba a hacer preguntas interminables, llenando el hogar de conversaciones animadas sobre temas como las estrellas o las hormigas en el jardín.

El mundo interior de Jimmy estaba lleno de sueños. Creía firmemente que podía lograr cualquier cosa que se propusiera. Enfrentaba cada día con optimismo, su risa iluminando todo a su alrededor, reflejando la inocencia y el potencial ilimitado que lo definían antes de que la vida lo golpeara con una dura realidad.

.

Después:

Desde muy joven, Jimmy luchaba contra la ansiedad, la cual se activaba especialmente en situaciones sociales donde sentía la presión de ser aceptado y querido. Estos momentos aumentaban su malestar, generando un ciclo de pensamientos ansiosos y malestares físicos.

Un día, en una gran reunión con muchas caras desconocidas, su ansiedad se disparó: su corazón latía con fuerza, las palmas de sus manos sudaban y el temor lo invadía. Los pensamientos de ser juzgado o rechazado llenaban su mente, reforzando sus miedos.

Decidido a entender y superar su ansiedad, Jimmy emprendió un camino de autoconocimiento. A través de la reflexión y la terapia, descubrió una creencia profundamente arraigada: necesitaba ser perfecto para ser valorado.

Esta idea, formada por críticas pasadas y el sentimiento de haber sido ignorado, alimentaba su ansiedad. Con nueva conciencia, Jimmy se dio cuenta de lo limitante que era esa creencia y empezó a desafiarla.

Poco a poco, Jimmy aprendió a ser más compasivo consigo mismo y a dejar de lado sus tendencias perfeccionistas. Descubrió que no era necesario ser impecable para merecer amor y aceptación. Con apoyo y aliento, practicó estrategias para sobrellevar la ansiedad, como la respiración profunda y técnicas para mantenerse anclado en el presente, desarrollando así hábitos más saludables.

Con el tiempo, Jimmy redefinió su identidad, comprendiendo que su valía no dependía de la aprobación externa. Aunque la ansiedad todavía aparecía de vez en cuando, ya no permitía que lo controlara. Empezó a enfrentar las situaciones sociales con mayor confianza y autenticidad, demostrando que podía vivir la vida a su manera.

En resumen, aunque la decepción había limitado sus capacidades en el pasado, la fuerza interior y las cualidades esenciales de Jimmy nunca desaparecieron. Esas cualidades, aunque temporalmente ocultas, siguieron siendo parte integral de su identidad, esperando resurgir a través de su determinación y crecimiento.

EL ANTES Y DESPUÉS
DE MIA

Antes:

Mia era una niña compasiva, dulce y generosa. Poseía una inclinación natural hacia la bondad y la empatía, siempre atenta a las necesidades y sentimientos de los demás. Su naturaleza compasiva se extendía tanto a las personas como a los animales, pues tenía un corazón tierno y deseoso de brindar apoyo y cuidado.

La dulzura de Mia se notaba en cada interacción. Irradiaba calidez y afecto, ofreciendo sonrisas sinceras y gestos de amor genuino.

Su dulzura era contagiosa, iluminando la vida de quienes tenían el privilegio de conocerla. Mia sabía hacer que los demás se sintieran valorados y queridos, creyendo firmemente en el poder del amor y la conexión.

Además de ser compasiva y dulce, Mia estaba llena de alegría y felicidad. Tenía un entusiasmo contagioso por la vida, encontrando deleite en incluso las cosas más sencillas.

La risa de Mia era como música, resonando en el aire y esparciendo felicidad a quienes la escuchaban. Su alegría auténtica elevaba el espíritu de todos a su alrededor, creando un ambiente positivo y alegre dondequiera que iba.

Siempre estaba dispuesta a brindar una mano amiga, ya fuera ayudando a un amigo con la tarea, compartiendo sus juguetes o reconfortando a alguien que lo necesitara. La naturaleza generosa de Mia reflejaba un desinterés que iba más allá de su edad, pues encontraba una verdadera satisfacción en servir a los demás.

En resumen, Mia encarnaba las cualidades de compasión, dulzura, alegría y un espíritu de servicio. Su presencia irradiaba consuelo, amor y felicidad a quienes la rodeaban. Su bondad innata y su predisposición a ayudarla convirtieron en un ejemplo brillante de amabilidad, compasión y generosidad. Hasta que...

Después:

A pesar de su naturaleza vibrante, Mia se vio atrapada en una red asfixiante de confusión y desesperación. Un profundo sentimiento de insuficiencia la consumía, susurrándole que algo en ella estaba inherentemente mal. Era como si una densa nube de duda se cerniera sobre ella, proyectando una sombra sobre su espíritu, que antes brillaba con intensidad.

Sin saberlo, su madre y su abuela jugaron un papel en perpetuar su tormento interior. Sus juicios y expectativas se convirtieron en cadenas que la confinaban, haciéndola creer que rendirse era su única opción. Con el corazón pesado, Mia aceptó ese destino, convencida de que no tenía otra alternativa más que conformarse a sus puntos de vista.

Un día, en un momento de desesperación, Mia se paró frente al espejo. Con timidez, se quitó las capas de maquillaje que ocultaban su verdadero yo, sintiendo cómo se desvanecía el peso de esa identidad falsa.

El reflejo que le devolvió la mirada era desconocido y fragmentado. En ese estado de vulnerabilidad, Mia llegó a cuestionar su propia existencia, sintiéndose como un simple espectro desvaneciéndose en el vacío.

La creencia de ser poco atractiva e indeseable se apoderó de su corazón, apretándolo cada día con una fuerza implacable. Los susurros de su falta de valía resonaban en su mente, y ya no podía ignorar el cruel veredicto que se había impuesto a sí misma.

En su mente joven e impresionable, Mia llegó a creer que no era más que una sombra sin rostro en la multitud, destinada a conformarse con menos de lo que merecía.

Las palabras "soy fea" y "no soy nada" se convirtieron en un estribillo incesante, infiltrándose en sus pensamientos y dictando cada una de sus acciones. Tallaron surcos profundos en su percepción de sí misma y del mundo que la rodeaba.

Con el paso del tiempo, los vibrantes colores de su mundo se volvieron sombríos y la esperanza pareció desvanecerse, mientras la luz en su interior titilaba, amenazando con apagarse por completo.

Sin embargo, poco sabía Mia que, incluso en sus momentos más oscuros, una chispa de fortaleza aún ardía en su interior. En lo más profundo, había un destello de fuerza que anhelaba liberarse de las cadenas de la duda sobre sí misma. El viaje de Mia para recuperar su verdadera identidad y reescribir su historia apenas comenzaba.

Así, aunque las burlas y el desprecio limitaron la expresión de sus cualidades positivas, ello no disminuye el hecho de que esas virtudes aún residen en ella. Puede que por un tiempo se encuentren ensombrecidas o dormidas, pero con el tiempo, la sanación y un renovado sentido de propósito, Mia tiene el potencial de redescubrir y reavivar esas cualidades inherentes que la definían.

Al embarcarse en su búsqueda de autodescubrimiento, se encontraría con aliados inesperados y descubriría el poder transformador del amor propio y la aceptación. Bajo la guía de mentores y el apoyo de almas afines, Mia aprendería gradualmente a desafiar las creencias que la tenían cautiva y a abrazar su valía intrínseca.

No sería un camino fácil, pues los ecos de "soy fea" y "no soy nada" persistirían. Sin embargo, a medida que Mia desentrañaba lentamente las capas de duda sobre sí misma, descubriría una verdad mucho más hermosa de lo que jamás hubiera imaginado.

Se daría cuenta de que su valor iba mucho más allá de las apariencias superficiales y que su esencia como persona no podía reducirse a los juicios de los demás.

El camino de Johnny, Jimmy y Mia nos recuerda que, incluso en los momentos más oscuros, siempre hay una chispa dentro de nosotros capaz de guiarnos hacia un destino más luminoso.

Al emprender nuestro propio viaje de autodescubrimiento, que encontremos la fuerza para desafiar las creencias que nos limitan y abrazar nuestro verdadero valor. Porque todos tenemos el poder de escribir una historia auténtica, llena de amor y posibilidades infinitas.

Al reconstruir la historia de cómo estas creencias moldearon sus identidades, ahora comprenden que tienen la libertad de elegir quiénes quieren ser. Pueden diferenciar entre las creencias adquiridas y las que deciden adoptar de manera consciente.

Pueden escribir una nueva historia para sí mismos, una que nazca de su propia elección y no de las influencias externas. En su proceso de crecimiento, antes el entorno decidía por ellos, pero ahora pueden decidir por sí mismos.

Pueden cultivar hábitos elegidos con intención en lugar de aquellos impuestos por las circunstancias. Ya no estarán atrapados en la sensación de impotencia, sino que experimentarán la libertad de elegir.

Al final, nunca se sentirán desesperanzados cuando tengan opciones a su alcance. Pero la pregunta es: ¿cómo construirán una nueva historia?

Lucy ahora mostrará cómo comenzará a escribir una nueva visión sobre sí misma, los demás y el mundo.

CAPÍTULO TRECE:

DESCUBRIENDO
LOS MOTIVOS DETRÁS DE LAS EMOCIONES

Sintiendo una abrumadora sensación de vergüenza, un cosquilleo recorre el estómago de Lucy, y su mente se nubla, dificultando sus pensamientos.

En su imaginación, se ve a sí misma siendo objeto de burla, percibida por los demás como alguien poco inteligente. Decidida a comprender el origen de sus reacciones emocionales, Lucy se dio cuenta de que necesitaba descubrir los detonantes detrás de estas intensas sensaciones.

Aunque sabía que no sería fácil, estaba convencida de que "donde hay voluntad, hay un camino." Inició su viaje abrazando los momentos de incomodidad en lugar de evitarlos.

Al enfrentar de frente estas situaciones incómodas, esperaba identificar los desencadenantes de sus emociones. Lucy estaba comprometida a salir de su zona de confort. Ahora, escuchemos a Lucy mientras comparte sus reflexiones sobre cómo logró esta transformación.

A medida que Lucy transita hacia la edad adulta, los desafíos en su vida no han hecho más que aumentar, junto con un notable incremento en el estrés y la ansiedad.

A menudo se pregunta por qué se siente atrapada en un ciclo sin fin, sin encontrar alivio.

El estrés, la ansiedad, la sensación de estar abrumada y la infelicidad se han convertido en constantes en su vida diaria. En uno de sus momentos más bajos, Lucy recibe una llamada inesperada de su amiga Marcela.

Con genuina preocupación, Marcela le dice:
—Lucy, sé por lo que has estado pasando. Mi amigo Johnny asistió recientemente a un taller que le cambió la vida. Aprendió valiosas lecciones sobre sus dificultades, especialmente con el aumento de peso, y logró perderlo sin esfuerzo. Tal vez podría ayudarte también.

Las palabras de Marcela captan de inmediato la atención de Lucy. "Si bien mi peso es una preocupación, aun no es mi mayor problema" —pensó—. Lo que realmente me atormenta es la constante infelicidad y la miseria que ensombrecen mi vida.

Me sigo preguntando si existe una salida a esta tormenta emocional." Motivada por esa esperanza, decide asistir al taller, un método de entrenamiento basado en preguntas y respuestas diseñado para descubrir qué hay detrás de esas emociones que la abruman y la hacen infeliz.

MÉTODO DE
PREGUNTAS Y RESPUESTAS
¿QUÉ ACABA DE PASAR?

Durante la sesión del domingo por la mañana, Lucy se sentía segura y lista para participar en el taller. Cuando el orador la eligió para compartir sus pensamientos, levantó la mano con entusiasmo.

Sin embargo, al comenzar a hablar por el micrófono, su mente se quedó en blanco. Frustrada y avergonzada, tropezó con sus palabras, diciendo frases al azar. "¿Qué acaba de pasar?", se preguntó.

Abrumada por la vergüenza, Lucy experimentó sensaciones físicas como un hormigueo en el estómago y una mente nublada. En su imaginación, vio a los demás burlándose de ella, percibiéndola como poco inteligente e incapaz de expresarse.

Esta vergüenza la llevó a retraerse, buscando consuelo en el aislamiento. En casa, intentaba lidiar con sus emociones comiendo en exceso, envolviéndose en una manta y durmiendo para suprimir lo que sentía.

Analicemos qué interrumpió la confianza de Lucy y nubló su pensamiento.

1. Estado inicial: Lucy estaba confiada y lista para participar.

2. Marco temporal del cambio: El giro ocurrió entre el momento en que el orador la llamó y cuando el micrófono llegó a sus manos.

3. Identificación del factor desencadenante: Algo en ese breve lapso activó emociones que afectaron su confianza.

Utilizando el método de preguntas y respuestas, podemos ayudar a Lucy a identificar el pensamiento o evento que causó este cambio:

- P: ¿Cuál era el estado inicial de Lucy?
R: Confiada y lista para participar.

- P: ¿Cuándo surgieron las emociones?
R: Entre ser llamada y hablar por el micrófono.

- P: ¿Qué estamos buscando?
R: Un pensamiento o factor que causó la interrupción.

Al analizar el contexto y formular estas preguntas, Lucy puede descubrir qué interrumpió su confianza y comenzar a resolverlo. Entonces, ¿qué activó las emociones de Lucy y nubló su pensamiento? Para descubrirlo, necesitamos preguntarle directamente:

"Lucy, ¿qué acaba de pasar?" Para responder esta pregunta, es fundamental rastrear sus sentimientos hacia experiencias del pasado, ya que las incomodidades actuales a menudo tienen raíces en eventos anteriores. Exploremos la historia detrás de las emociones de Lucy para descubrir su origen.

LUCY
RELATANDO SU HISTORIA

Lucy recuerda un momento de su infancia cuando los vecinos la visitaban y la saludaban con un amistoso "hola." Sin embargo, ella permanecía en silencio sin responder. Los vecinos, extrañados, miraban a su madre y hermanos, quienes se encogían de hombros, sin entender por qué Lucy no contestaba.

Entonces, alguien solía comentar:
—No habla; le comieron la lengua los ratones. Esta situación se repetía una y otra vez. Al principio, Lucy no comprendía el significado de esas palabras y no les prestaba mucha atención. Sin embargo, al escuchar la frase con tanta frecuencia, empezó a reflexionar sobre su significado.

Un día, la volvió a oír, pero esta vez resonó con fuerza en su mente. En ese instante, Lucy interiorizó las palabras "No habla", otorgándoles una connotación negativa. El posible juicio asociado con su silencio despertó en ella una mezcla de emociones: confusión, inseguridad y dudas sobre sí misma.

El inesperado comentario, "No habla; le comieron la lengua los ratones", la golpeó como una ducha helada en un día de invierno, sacudiendo su confianza y dejándola profundamente avergonzada. En ese instante congelado, su mente intentó descifrar el significado de la frase.

Aunque le tomaría años comprender el impacto de esas palabras, el comentario plantó una semilla de duda en su interior. Su diálogo interno comenzó a repetirse: "Soy tonta, no sé hablar," reforzando la creencia de que carecía de la capacidad para expresarse correctamente.

Esta interpretación de la frase moldeó profundamente su percepción de sí misma y sus habilidades de comunicación. El repetido comentario, "No habla; le comieron la lengua los ratones," terminó por solidificar su miedo a expresarse, convirtiéndose en un detonante clave de su inseguridad. Con el tiempo, Lucy evitó hablar por temor a ser juzgada.

- **P:** ¿Cómo interpretó Lucy la frase "ella no habla; parece que los ratones le comieron la lengua"?

  R: Pensó: "No sé hablar; debo ser tonta."

- **P:** ¿Qué es una interpretación?

  R: Es una opinión, un punto de vista o una creencia basada en cómo entendemos algo.

- **P:** ¿Cómo impactó la repetición de esa frase en Lucy?

  R: Lucy llegó a creer que no era capaz de expresar ni comunicar sus pensamientos correctamente.

- **P:** ¿Qué frase fue el origen de su inseguridad?

  R: "Ella no habla; parece que los ratones le comieron la lengua."

Cuando estos eventos ocurrieron, Lucy era solo una niña pequeña, aún en proceso de comprender el significado de las palabras y frases. Con el tiempo, internalizó la idea de que los demás insinuaban que no sabía hablar o expresarse correctamente. Esta creencia se arraigó en su memoria y moldeó su sentido de identidad.

¿Por qué tuvo un efecto tan fuerte en ella? Cuando alguien sugiere que no sabes comunicarte de manera efectiva, puede generar dudas sobre tus propias habilidades y capacidades.

En el caso de Lucy, comenzó a dudar de su capacidad para expresar sus pensamientos con claridad. Esa inseguridad la desestabilizó, llevándola a cuestionarse constantemente y a imponerse altas expectativas sobre cómo debía hablar y expresarse. Su miedo al juicio la hizo preguntarse una y otra vez: "¿Lo estoy diciendo bien?" o "¿Estoy cumpliendo con sus expectativas?"

El activador, entonces, no es solo la forma en que habla, sino la presión que se impone para cumplir con expectativas percibidas. Teme que los demás la juzguen si no alcanza esos estándares. Interesante, ¿verdad?

Como resultado, Lucy constantemente se hacía preguntas como: "¿Lo estoy diciendo bien?" De forma similar, en otras áreas de su vida, ese mismo pensamiento se repetía: "¿Lo estoy haciendo bien?"

Este nuevo entendimiento de sí misma revela por qué, en la adultez, Lucy lucha inconscientemente para comunicar sus pensamientos de manera efectiva. La persistente pregunta "¿Lo estoy diciendo bien?" resuena en su mente cada vez que se prepara para hablar, lo que la lleva a tartamudear y soltar frases al azar cuando se siente desencadenada.

Esta presión interna y la duda sobre sí misma dificultan su capacidad para articular sus ideas con claridad y confianza, nublando su mente justo en el momento en que comienza a hablar.

Continuemos explorando con el método de preguntas y respuestas. Nuestra próxima pregunta es: ¿Lucy pudo identificar el detonante?

- **P:** ¿Cuál es el detonante en el caso de Lucy?

- **R:** Podría parecer que es la pregunta "¿Lo estoy diciendo bien?", pero ese no es el verdadero detonante.

Esta no es la primera vez que Lucy ha expresado dudas con la pregunta: "¿Lo estoy diciendo bien?" Le ha sucedido muchas veces antes. Cada vez, percibe que la gente la observa, lista para juzgarla, sin importar si ese juicio realmente ocurre o no. La simple presencia de otros a su alrededor despierta algo profundo dentro de ella.

¿Qué es? ¿Podría ser... miedo? ¿El miedo a ser juzgada? Se aferra a la creencia de que el juicio es inevitable... ¿pero lo es realmente?

Recuerda, esta no es la primera vez que Lucy se ha cuestionado con "¿Lo estoy diciendo bien?" Una y otra vez, percibe un juicio silencioso de los demás, incluso si nunca ocurre. La mera presencia de personas activa su miedo arraigado al juicio, desencadenando anticipación y dudas sobre sí misma.

Por lo tanto, el verdadero detonante es la presencia de otras personas cada vez que está a punto de hablar, una situación que se repite una y otra vez.

REVISITAR EL
TALLER

Ahora, volvamos al momento ¿QUÉ ACABA DE PASAR? en el taller. Lucy sí participó dando su comentario, pero recuerda que empezó a tartamudear, temblar y terminó diciendo cosas al azar. ¿Cómo crees que se sintió después de esto?

- **P:** Para enfatizar, ¿cómo se sintió después de dar su comentario?

- **R:** Por supuesto, se sintió avergonzada.

- **P:** ¿Cómo la hace sentir la vergüenza?

- **R:** Incómoda.

La incomodidad es una sensación de malestar, angustia física o emocional, o una falta de confort. Puede ser activada por la ansiedad o la duda sobre uno mismo y se experimenta tanto a nivel físico como emocional.

En el caso de Lucy, la simple presencia de personas—su detonante—provoca este malestar emocional incluso antes de que hable. Empieza a sentirse nerviosa, sus manos tiemblan y su voz se quiebra. Estas son señales físicas claras que reflejan su estado emocional interno.

¿Por qué Lucy experimenta este malestar incluso antes de levantar la mano para participar? Porque ya está anticipando lo que podría suceder, basándose en su percepción y no en la realidad.

Su mente se encuentra atrapada en el miedo a avergonzarse, un miedo arraigado en la creencia de que no es capaz de expresarse correctamente. La mera presencia de personas intensifica esta anticipación, haciendo que la situación sea aún más abrumadora para ella.

La anticipación es el acto de prepararse mentalmente para eventos futuros posibles. En el caso de Lucy, ella imagina de manera inconsciente escenarios en los que dirá algo incorrecto, desencadenado por la simple presencia de personas y la creencia profunda de "Soy tonta y no sé decir las cosas correctamente."

Esta creencia alimenta su expectativa de fracaso, generando ansiedad y malestar incluso antes de comenzar a hablar.

Cada vez que Lucy está rodeada de personas, se activa un pens   amiento recurrente en su mente: "¿Estoy diciendo esto bien?" Este pensamiento la hace dudar de sí misma y temer ser juzgada.

Como resultado, se siente ansiosa e insegura al hablar, temiendo cometer un error o ser criticada. Por lo tanto, la presencia de otras personas intensifica su auto-duda y su miedo al juicio.

- **P:** ¿Qué hace que Lucy anticipe?

- **R**: El detonante: la mera presencia de personas.

- **P:** ¿Qué resultado está anticipando Lucy?

- **R:** Que dirá algo incorrecto, lo que llevará a que los demás se burlen de ella, la juzguen o la evalúen negativamente.

- **P:** ¿Por qué está anticipando eso?

- **R**: Porque duda de sí misma y constantemente cuestiona su capacidad para expresarse.

Este patrón se originó en su infancia, cuando alguien dijo: "Ella no habla; los ratones le comieron la lengua." Ese comentario solidificó su creencia de que no podía comunicarse de manera efectiva. La simple presencia de personas sigue activando esa profunda auto-duda y su miedo al juicio.

En última instancia, detrás de estos detonantes hay una creencia arraigada que impulsa las reacciones de Lucy: "Soy tonta y no sé decir las cosas correctamente."

Esta creencia moldea su anticipación, sus emociones y sus sensaciones físicas. Tan pronto como debe hablar, la simple presencia de personas—el detonante—desencadena una cascada de emociones: miedo, ansiedad y, finalmente, vergüenza, todo reforzado por la anticipación del juicio de los demás.

CADENA
DE EVENTOS

• Activador:
El elemento inicial que desencadena la reacción en cadena, como "la mera presencia de personas" cuando Lucy debe hablar. Esta situación inicia una cascada de reacciones internas.

• Creencia:
Una convicción arraigada que surge a partir del detonante. En el caso de Lucy, la creencia es "No sé decir las cosas correctamente."
Esta creencia distorsiona su percepción de sí misma y de la situación.

• Emociones:
Las sensaciones que emergen debido a la creencia. Para Lucy, emociones como el miedo, la ansiedad y la auto-duda se activan, haciéndola sentir abrumada y vulnerable.

• Mecanismo de defensa:
La forma en que Lucy se protege instintivamente de estas emociones dolorosas. Puede trabarse al hablar, retraerse o evitar expresarse para protegerse del juicio que percibe.

• El Ciclo:
Un patrón repetitivo en el que el mecanismo de defensa refuerza la creencia, lo que a su vez la hace más sensible al detonante. Cada vez que el detonante aparece, el ciclo se repite, manteniéndola atrapada en la auto-duda y el miedo.

Ahora que Lucy ha identificado el detonante, se encuentra en una encrucijada. Comprende lo que ocurre en su mente y cuerpo, y enfrenta una elección crucial: puede aferrarse al detonante y la creencia, permitiendo que controlen sus emociones, o puede decidir liberarse de ellos. El desafío es soltar una creencia que la ha influenciado durante tanto tiempo.

Lucy ahora ve con claridad la reacción en cadena: (1) el detonante activa la creencia, (2) lo que genera emociones abrumadoras, y (3) reacciones defensivas que refuerzan el ciclo.

Este ciclo la mantiene atrapada en la auto-duda y el miedo. Ahora tiene la oportunidad de liberarse: puede quedarse estancada o soltarlo.

Antes de profundizar en estrategias, tómate un momento para reflexionar sobre tu propia situación. Identifica un desafío que estés enfrentando e intenta reconocer el detonante detrás de él. A continuación, te presentamos una guía que puede ayudarte.

PASOS PARA DESCUBRIR QUÉ DESENCADENA TUS EMOCIONES

1. Describe tu situación actual:
¿Con qué estás lidiando en este momento?

2. Redúcelo:
Enfócate en un área específica de tu vida (ejemplo: relaciones, autoexpresión, dinámica familiar, salud, etc.).

3. Reflexiona sobre tu estado mental:
¿Cómo te sentías justo antes de experimentar un momento de "¿qué acaba de pasar?"

4. Identifica el período de tiempo:
Observa el intervalo entre cuando tu mente estaba tranquila o neutral y el instante en que tus emociones se alteraron. Al precisar este lapso, será más fácil identificar qué detonó el cambio emocional.

Este proceso aclara cómo el detonante de Lucy activa su creencia, cómo esa creencia genera emociones intensas y cómo esas emociones provocan una reacción defensiva, perpetuando el ciclo repetitivo.

Al reconocer esto, Lucy puede comenzar a tomar medidas para liberarse.

- **P:** Entonces, ¿qué estamos buscando en este punto?

- **R:** Estamos buscando una causa o un detonante.

Para identificar el o los detonantes, es crucial reconocer que la mayoría de los malestares en el presente tienen una historia arraigada en nuestras experiencias pasadas. Con esto en mente, profundicemos en la pregunta:

¿Cuál es la historia detrás de estos malestares?

HISTORIA DETRÁS DE LA INCOMODIDAD

En ese momento de bloqueo, Lucy absorbió una idea que la marcó: "Soy tonta; no puedo hablar." Todo comenzó con un comentario inesperado: "Ella no habla, parece que los ratones le comieron la lengua." Esas palabras dejaron una huella profunda en cómo se veía a sí misma y en su percepción de sus habilidades para comunicarse.

Con el tiempo, el miedo a ser evaluada, la falta de confianza y la ansiedad social de Lucy comenzaron a aparecer en situaciones similares. Esto estaba alimentado por su creencia de que no era capaz de expresarse correctamente.

Para Lucy, la simple presencia de otras personas se convirtió en un desencadenante poderoso. Su mente activaba de inmediato la idea de que todos la estaban juzgando en silencio, aunque no tuviera pruebas de ello.

Esta idea hacía que el cuerpo de Lucy reaccionara; su corazón empezaba a latir rápido, sentía el cuerpo rígido y la boca seca. Al mismo tiempo, el miedo la invadía porque creía que los demás la estaban mirando y criticando.

Estos patrones crearon un ciclo donde las sensaciones físicas y las reacciones emocionales reforzaban la creencia, haciendo que Lucy dudara aún más de sí misma.

Las palabras: "No habla, los ratones le comieron la lengua", quedaron profundamente grabadas en su mente, llevándola a cuestionarse constantemente: "¿Lo estoy diciendo bien?"

Algunas causas comunes del malestar que pueden aplicarse a la experiencia de Lucy incluyen:

1. **Miedo al juicio**
2. **Falta de confianza**
3. **Ansiedad social**
4. **Experiencias negativas previas**
5. **Perfeccionismo**

Pregúntate: ¿Qué palabras o frases disparan tu incomodidad?

A continuación, se presentan algunos factores comunes que contribuyen a las sensaciones de malestar:

1. Incertidumbre o falta de claridad

2. Miedo o ansiedad ante lo desconocido

3. Cambios o transiciones inesperadas

4. Conflicto o peleas

5. Expectativas que no se cumplen

6. Sentirse abrumado con muchas cosas por hacer

7. Percibir amenazas o peligros, aunque no sean reales

8. Presión para cumplir con lo que otros esperan

9. Sentirse criticado o juzgado

10. Pérdidas importantes o situaciones de duelo

11. Sentirse fuera de control en alguna situación

12. Sentimientos de culpa o vergüenza

13. Injusticias o tratos que no parecen justos

14. Recuerdos de experiencias traumáticas

15. Inseguridades o dudas sobre uno mismo

Estos patrones ilustran cómo los desencadenantes pueden activar creencias, que a su vez generan respuestas emocionales y físicas. En el caso de Lucy, el desencadenante—estar rodeada de personas—activó su creencia de que estaba siendo juzgada en silencio. Esta creencia despertó una sensación física de ansiedad, que se manifestó con un corazón acelerado y tensión.

La respuesta emocional—el miedo a ser juzgada—siguió. Juntas, estas respuestas reforzaron su inseguridad y aumentaron su temor a expresarse.

La frase repetida en su infancia: "No puede hablar; el gato le comió la lengua," la dejó atrapada en un ciclo de duda constante y preocupación sobre si se estaba expresando correctamente.

¿Qué hará Lucy para liberarse de este ciclo y reconstruir su confianza? Antes de explorar esta pregunta, veamos a Johnny y cómo enfrenta sus propios desafíos.

LA HISTORIA
DE JOHNNY A CONTINUACIÓN

Johnny se dio cuenta de que necesitaba elevarse por encima de su entorno y enfocarse en los factores internos que influían en su comportamiento.

Después de años luchando con su peso mediante dietas, comiendo menos y ejercitándose más, notó que los resultados siempre eran temporales. Inspirado por la introspección de Mia, decidió investigar los desencadenantes internos que lo llevaban a sus episodios de atracones.

Aprendió a aceptar los momentos de incomodidad, viéndolos como oportunidades para descubrir las causas profundas de su comportamiento.

Johnny dijo:

"Trabajé en mi peso durante años, pero los factores externos, como la dieta y el ejercicio, no eran suficientes. Me di cuenta de que necesitaba abordar los problemas internos: los pensamientos y creencias que impulsaban mis hábitos alimenticios.

Al observar mi entorno y emociones, comencé a identificar los desencadenantes relacionados con mi autoimagen y experiencias pasadas. Este proceso me ayudó a entender por qué como en exceso y me permitió tomar el control."

Johnny empezó prestando atención a su entorno y cómo este afectaba sus emociones. Observaba sus pensamientos, sentimientos y acciones antes de recurrir a la comida como consuelo. Por ejemplo, en el bufete de abogados donde trabaja, las tareas exigentes y la presión constante suelen dejarlo abrumado.

Cuando su jefe se acerca con preguntas sobre reportes sin terminar, Johnny se siente ansioso e inseguro. Tan pronto como su jefe se va, busca comida para calmar la incomodidad.

Analizando la Secuencia:

1. Estado de ánimo matutino: Johnny llega al trabajo sintiéndose seguro y listo para el día.

2. Evento desencadenante: Su jefe se acerca y le pregunta por el progreso de sus reportes.

3. Cambio emocional: Johnny comienza a dudar de sus habilidades e imagina que los demás lo ven como incapaz.

4. Respuesta: Abrumado por estos pensamientos, busca comida para

aliviar su malestar.

Al identificar este patrón, Johnny puede detectar el momento exacto en que sus emociones cambian y abordar la creencia subyacente que impulsa su comportamiento. En este caso, la creencia está relacionada con el miedo al fracaso y al juicio, lo que lo lleva a calmarse con la comida.

Johnny comprende que estos desencadenantes están arraigados en una decisión pasada que tomó sobre sí mismo. Al abordar esta creencia y practicar la autoconciencia, comienza a recuperar el control sobre sus emociones.

En lugar de recurrir automáticamente a la comida, se detiene para cuestionar los pensamientos que le causan malestar, permitiéndole romper el ciclo y enfocarse en mecanismos de afrontamiento más saludables.

EN LA ACTUALIDAD

Johnny está trabajando para identificar los factores internos detrás de su tendencia a comer de manera innecesaria y en exceso. Al analizar su entorno, emociones y pensamientos justo antes de recurrir a la comida, busca descubrir los desencadenantes que provocan estos comportamientos.

Trabaja en una firma de abogados, donde la carga laboral, a menudo abrumadora, lo deja sintiéndose exhausto. En esos momentos, pensamientos negativos comienzan a invadir su mente: teme que los demás lo perciban como poco inteligente o incapaz.

Estos sentimientos de fracaso e insuficiencia llevan a Johnny a sacar comida de su mochila para aliviar la incomodidad. Este patrón, que se repite con frecuencia, contribuye a un aumento recurrente de peso. En casa, busca consuelo comiendo en exceso, lo que afecta aún más su bienestar emocional y físico.

Orden de los sucesos:

Johnny comienza el día sintiéndose listo y confiado. Sin embargo, a medida que pasan las horas, sus emociones comienzan a cambiar. El punto de quiebre suele ocurrir cuando su jefe se le acerca, le pregunta por su progreso y luego se marcha. Tras esta interacción, Johnny experimenta incomodidad y, de inmediato, recurre a la comida para aliviar sus emociones.

¿Qué acaba de suceder?

Para identificar el desencadenante, consideremos el marco de tiempo:

- P: ¿Cuál era el estado emocional de Johnny al inicio del día?
  R: Se sentía listo y confiado hasta que interactuó con su jefe.

- P: ¿Cuál es el momento clave en el cambio emocional?
R: Entre la llegada de su jefe y su partida.

La presencia de su jefe y la pregunta parecen activar la incomodidad en Johnny.

Ahora, para descubrir el desencadenante específico:

- P: ¿Qué estamos buscando?
R: El pensamiento o creencia que desencadena su reacción emocional.

El origen del problema está en el diálogo interno de Johnny: lo que se dice a sí mismo durante y después de la interacción con su jefe. Este patrón de pensamiento genera sentimientos de insuficiencia, que lo llevan a buscar consuelo inmediato a través de la comida.

JOHNNY, ¿QUÉ ACABA DE SUCEDER? – RASTREÁNDOLO (Experiencia Pasada)

Lo primero que le viene a la mente a Johnny es el día en que regresó a casa después de la escuela y descubrió que sus padres se habían reunido con su maestro para hablar sobre la caída de sus calificaciones.

Al llegar a casa después de la conferencia, su padre lo confronta en la puerta, expresando su decepción y tratándolo como si fuera un adulto. Le exige una explicación por las calificaciones reprobatorias que le reportaron.

Este incidente viene a su mente cada vez que su jefe se le acerca en el trabajo. En ese momento, Johnny recuerda las palabras de su padre, y esto le afecta emocionalmente.

Han pasado quince años desde que su padre le dijo:
"Johnny, escucha con atención. La educación es la base del éxito en la vida, y necesito que comprendas su importancia. Si no pones tu corazón en los estudios, podrías enfrentar consecuencias serias.

Una educación mediocre puede llevarte por un camino de fracaso. Me preocupa cómo los demás puedan verte. Me importa tu futuro y quiero que alcances la grandeza. Por eso, te pido que tomes en serio tu educación y des lo mejor de ti."

Así que, cada vez que su jefe se le acerca, su mente lo transporta a ese momento de su vida. Ahora la pregunta es: "Cuando Johnny ve venir a su jefe, ¿qué crees que está pensando?"

"Oh no, aquí viene y va a pedirme una explicación, igual que lo hacía mi padre." En ese instante, el corazón de Johnny comienza a acelerarse y su mente repite las palabras que su padre le decía sobre la importancia de la educación y el miedo a ser visto como un fracaso. Estos pensamientos aumentan la presión que siente al enfrentarse a su jefe, haciéndolo dudar de sus habilidades y competencias.

El temor a decepcionar a su jefe y ser etiquetado como un perdedor se intensifica, creando una sensación de inquietud y ansiedad en Johnny. Entonces, ¿puedes ver qué es lo que genera esa incomodidad que lo lleva a comer en exceso y darse atracones?

- P: ¿Cuál es el desencadenante?
R: "Oh no, aquí viene. Me va a pedir una explicación, como solía hacer mi padre."

Aunque parece que este pensamiento desencadena el caos interno, en realidad no lo es. Te daré una pista: sucede justo antes de que Johnny note que su jefe se acerca o inmediatamente después de que lo ve entrar en su espacio.

Entonces, no es el entorno de la oficina, ni sus compañeros de trabajo, ni el lugar físico. ¿Qué es? Piensa en esto: ¿qué sentido (o antena) de Johnny está en acción en ese momento para alertarlo del peligro? Peoria ser la presencia del jefe?

- **P:** ¿Cuál es el verdadero desencadenante?

- **R:** La presencia de su jefe.

Eso es. Si consideramos el marco de tiempo, el alboroto emocional ocurre desde el momento en que Johnny se siente bien hasta que ve o escucha los pasos de su jefe acercándose. Este instante específico es lo que altera sus emociones.

Entonces, ¿qué es lo que realmente desencadena a Johnny? Con el contexto proporcionado, parece que la presencia de su jefe, o incluso la anticipación de su llegada, es el principal desencadenante de la incomodidad y el malestar emocional que experimenta.

El simple hecho de ver o escuchar a su jefe parece activar una profunda respuesta emocional, probablemente vinculada a sus experiencias pasadas y a sus sentimientos de insuficiencia.

El miedo de Johnny hacia su jefe probablemente está arraigado en su preocupación de ser percibido como un fracaso o un perdedor debido a sus dificultades para completar su trabajo a tiempo.

La presión por cumplir con las expectativas y el temor a decepcionar a su jefe pueden intensificar su incomodidad y activar emociones relacionadas con su autoimagen y sus experiencias pasadas.

Su antigua asociación con la idea de ser un perdedor si no destacaba en su educación pudo haberse extendido a su vida laboral, generando un miedo profundo a no cumplir con las expectativas y enfrentar las consecuencias del fracaso. Como resultado, cada vez que su jefe se acerca, estas inseguridades resurgen, y Johnny comienza a dudar de sus habilidades, temiendo el juicio de los demás.

Al remontarnos a su pasado, cuando Johnny tenía 5 o 6 años, su

padre le dijo:

"La educación es la base del éxito. Si no pones tu corazón en los estudios, podrías enfrentar serias consecuencias. Una educación mediocre puede llevarte por un camino de fracaso. Me preocupa cómo los demás puedan verte. Por eso, te insto a que tomes en serio tu educación y des lo mejor de ti." Pero lo que Johnny escuchó fue: "Si no tomas en serio la educación, serás un fracasado y un mediocre."

La interpretación que Johnny hizo de las palabras de su padre lo llevó a desarrollar su miedo al fracaso y la presión que siente al enfrentarse a figuras de autoridad, como su jefe. Así que, cuando ve a su jefe acercarse, se activa un desencadenante. La presencia de su jefe es el detonante.

Ahora, respondamos la pregunta: ¿qué es lo que la presencia de su jefe activa en él? Activa una historia que Johnny tiene sobre las figuras de autoridad, y esa historia es: "Si no tomas en serio la educación, podrías terminar siendo un fracasado y un mediocre, y mi padre se decepcionará de mí."

De la misma manera, "Si no entregas tus asignaciones a tiempo, podrías perder tu trabajo, ser visto como un incompetente y tu jefe se decepcionará de ti."

Lo que más pesaba sobre él era el miedo a decepcionar a su padre. De manera similar, la posibilidad de ser despedido y visto como un fracasado le generaba sentimientos de inseguridad y la necesidad de cumplir constantemente con las expectativas. Pero, sobre todo, lo que más le angustiaba era la idea de defraudar a su jefe.

Así que, al sentir la presencia de su jefe, su mente se inunda con un solo pensamiento: "Se va a decepcionar de mí." "Oh no," piensa Johnny. Esto es lo que ocupa su mente en ese preciso instante.

Ahora, continuemos con el método de preguntas y respuestas. Nuestra siguiente pregunta es: ¿Fue Johnny capaz de identificar el desencadenante?

- **P:** ¿Cuál es el factor que afecta emocionalmente a Johnny?

- **R:** La presencia de su jefe.

Cuando Johnny está en casa, el pensamiento de enfrentarse a su jefe al día siguiente desencadena ansiedad, lo que lo lleva a empezar a comer. Él anticipa la decepción de su jefe debido a los informes sin terminar.

Sin embargo, este miedo no está basado en la realidad: es cómo Johnny percibe la situación. En realidad, su jefe podría ser paciente y comprensivo, pero Johnny lo ve como una amenaza inminente.

La ansiedad que experimenta Johnny proviene de sus propias interpretaciones y miedos, no del comportamiento real de su jefe. Al reconocer esta desconexión, Johnny comienza a entender que sus anticipaciones son solo suposiciones.

Esta realización le plantea preguntas cruciales: ¿Cuál es el origen de estas anticipaciones? ¿Qué creencias subyacen a ellas? ¿Dónde comenzó todo esto, y qué creencia está en la raíz de estas suposiciones?

- **P:** ¿Dónde empezó todo esto, cuál es la creencia detrás de todas estas suposiciones?

Una vez que Johnny profundizó en entender las causas raíz de sus miedos y ansiedades, esta respuesta es:

- **R:** Las suposiciones y ansiedades de Johnny provienen de creer que es un fracaso y una decepción.

Así que ahora Johnny recreará estas conversaciones. Comenzará por reconocer y permitir que sus miedos estén presentes, en lugar de resistirse a ellos. Al aceptar su presencia, crea el espacio mental necesario para desafiarlos y transformarlos.

Luego, pondrá en marcha una nueva anticipación de manera intencional. En lugar de esperar críticas o decepciones, imaginará a su jefe acercándose a él con comprensión y aliento. Por ejemplo, Johnny podría imaginar a su jefe diciéndole: "Johnny, tómate tu tiempo. Buenos días. Los informes se harán porque, siendo la persona que eres, los tendrás listos a tiempo," o algo similar.

Este tipo de ensayo mental le permite cambiar su perspectiva. Johnny no está modificando el comportamiento de su jefe, sino su propia percepción del mismo. La clave está en cultivar una mentalidad que anticipe apoyo, en lugar de crítica.

Johnny también comprende que esta transformación no será instantánea. Como explica el Dr. Maxwell Maltz en Psycho-Cybernetics, se necesitan 21 días de práctica constante para empezar a disolver una vieja imagen mental y alrededor de 90 días para consolidar una nueva como una convicción.

Con este conocimiento, Johnny se compromete plenamente con el proceso de cambio. Cada día, reforzará la nueva anticipación positiva, sabiendo que la repetición es fundamental. A través de este esfuerzo constante, Johnny comienza a reconfigurar su pensamiento, reemplazando el miedo con confianza y la negatividad con optimismo.

Este cambio no solo transforma cómo percibe a su jefe, sino que también le da un renovado sentido de control y autoconfianza para abordar su trabajo. Al sustituir su antigua anticipación negativa por un patrón de pensamiento positivo y comprensivo, Johnny empieza a gestionar sus ansiedades de manera más efectiva y a construir un entorno mental más saludable.

Los pasos que Johnny seguirá para recuperar la compostura:

1. **Reconocer el activador:**

- Cuando su jefe se acerque o piense en verlo al día siguiente, Johnny identificará que su ansiedad se ha activado.

2. **Reconocer sus pensamientos y sentimientos:**

- Johnny escribirá o dirá en voz alta lo que está pensando o sintiendo. Por ejemplo:

"¡Aquí viene! Me pedirá los informes. Él me verá como un fracasado y me sentiré ansioso."

3. **Repetir para disminuir la intensidad:**

- Repetirá estas frases varias veces hasta que la intensidad emocional comience a disminuir.

4. Introducir un pensamiento positivo:

- Antes de que la ansiedad desaparezca por completo, Johnny introducirá conscientemente un pensamiento positivo, como:

"Mi jefe entiende que estoy trabajando en los informes. Estoy haciendo un buen trabajo."

5. Practicar la visualización:

- Johnny visualizará a su jefe como una figura comprensiva y paciente, reforzando esta imagen positiva en su mente.

6. Reemplazar pensamientos negativos:

- Si los viejos pensamientos regresan, Johnny los reconocerá, los expresará nuevamente y luego los reemplazará conscientemente con el nuevo pensamiento positivo.

Johnny repetirá este proceso hasta que el activador deje de provocarle ansiedad. Con el tiempo, esto le permitirá trabajar con una mente clara, enfocada y libre de distracciones.

Entonces, al trabajar con los factores internos, los factores externos siguieron. Esto significa que, al abordar y resolver problemas relacionados con los pensamientos, emociones o creencias internas, los aspectos externos de la vida, como las acciones, comportamientos o circunstancias, tienden a alinearse o mejorar en consecuencia.

En otras palabras, cuando las personas trabajan en su mentalidad interna, esto suele tener un impacto positivo en sus experiencias externas e interacciones con el mundo exterior.

Todo se reduce a un mundo recurrente que Johnny creó cuando era niño, y esto se ha trasladado a su vida adulta, ya que sigue repitiéndose.

Puedes estar seguro de que esta no es la primera vez que experimenta este ciclo, los temores y ansiedades de sus experiencias pasadas con figuras de autoridad, particularmente con su padre. A lo largo de su vida adulta, el patrón recurrente ha persistido, llevándolo a enfrentar los mismos desafíos una y otra vez.

A pesar de sus intentos de liberarse de los patrones profundamente arraigados, estas experiencias pasadas parecen colorear sus interacciones con su jefe e influir en sus respuestas emocionales al mundo.

Al entender y remodelar su mundo recurrente, Johnny puede liberarse gradualmente de las cargas del pasado y construir una perspectiva más positiva y confiada en sus interacciones presentes y futuras.

Antes de su primer encuentro con la decepción, Johnny era inteligente y alegre, y el mundo se sentía como un lugar seguro para él. Luego, enfrentó su primera decepción y algunas otras después de eso, comenzó a crear un mundo de caos dentro de sí mismo basado todo en su diálogo interno.

A pesar de sus esfuerzos por perder peso, obtenía los mismos resultados durante años. Una vez que se enfocó en los FACTORES INTERNOS, para remodelar sus diálogos internos, Johnny pudo RECUPERAR su verdadera identidad y alcanzar los resultados deseados relacionados con su peso ideal.

Al trabajar con factores internos, uno puede lograr cualquier resultado deseado y convertirse en quien elija ser, no alguien moldeado únicamente por el entorno. Ahora, exploremos cómo Lucy romperá el ciclo vicioso y redescubrirá su verdadera identidad.

LA HISTORIA DE LUCY
CONTINUACIÓN: PIENSA DESDE, NO SOBRE
HISTORIA DE LUCY — CONTINUACIÓN

¿Qué hará Lucy para liberarse del ciclo vicioso y desarrollar seguridad en sí misma mientras supera los sentimientos de insuficiencia?

Revisemos la secuencia de eventos: La anticipación de Lucy de posibles reacciones negativas durante su intervención la lleva a sentir vergüenza, lo que, a su vez, la hace retirarse a su zona de confort, comiendo y buscando consuelo envolviéndose en una manta antes de irse a dormir.

- **P:** ¿Cuál es la anticipación de Lucy?
- **R:** Reacciones negativas potenciales del público durante y después de su participación.

Lucy comenzará por recrear mentalmente la historia que se construyó entre los 5 y 6 años. Invitará situaciones que impliquen hablar, especialmente en público, para revivir las emociones; mientras surgen, las revisará y anotará todo lo que aparezca, y luego lo leerá frente a un espejo como si hablara con ese niño que construyó la historia.

Lo hará hasta que la ansiedad disminuya cada vez más. Luego comenzará a pensar desde un ángulo diferente. Practicará PENSAR DESDE en lugar de PENSAR EN. Es decir, pensar desde un punto determinado, un lugar, un espacio determinado. Estar dentro de un área o situación y pensar desde allí, en lugar de pensar en ella.

En otras palabras, creará una nueva anticipación, elegirá una anticipación para pensar desde allí, en lugar de pensar desde la anticipación dada por su pasado.

Ejemplo:

Anticipación anterior: Reacciones negativas del público durante y después de su participación.

 Nueva anticipación: Todos aplaudirán y me felicitarán por mi excelente participación.

Ahora te toca a ti: Comienza por recrear la historia que se formó en tu mente cuando eras muy joven.

_____
_____
_____
_____
_____
_____
_____
_____

Luego, piensa en tu anticipación anterior y escríbela.

_____

_____

_____

_____

Después, piensa en tu nueva anticipación y escríbela.

_____

_____

_____

_____

Entonces, cuando Lucy comenzó a visualizarse con la nueva anticipación, "Todos me aplaudirán y me felicitarán por mi participación bien hecha", experimentó tranquilidad y serenidad.

El disparador que antes la afectaba ya no estaba presente, eliminando la necesidad de buscar una zona de confort a través de la sobrealimentación, el atracón o envolverse en una manta, ya que ya no requería ese nivel de confort.

Además, al abordar el disparador y abrazar la nueva anticipación, Lucy pudo reducir los sentimientos de vergüenza, tartamudeo y murmullos al hablar. La necesidad de esconderse bajo una manta metafórica y recurrir a la comida innecesaria o al atracón desapareció completamente de su vida.

Curiosamente, aunque la pérdida de peso no era su objetivo principal, ocurrió de manera natural como resultado de ya no estar consumida por el constante comer y el atracón.

Esta transformación positiva permitió a Lucy liberarse de los mecanismos de afrontamiento que una vez la tenían cautiva. En lugar de buscar consuelo a través de la sobrealimentación o el atracón, encontró alivio en su renovada autoconfianza y capacidad para enfrentar situaciones con facilidad.

A medida que continuó reforzando esta mentalidad más saludable y su enfoque hacia la vida, sus relaciones e interacciones con los demás mejoraron. El miedo al juicio y la necesidad de validación constante disminuyeron, reemplazados por un renovado sentido de autoconfianza y empoderamiento.

En general, el viaje de autodescubrimiento y crecimiento de Lucy sirve como un recordatorio inspirador del poder que reside dentro de nosotros para superar nuestras luchas y remodelar nuestras vidas para mejor.

La identificación de disparadores es cuantitativamente importante para identificar emociones, sentimientos, creencias y hábitos. Los DISPARADORES SON LOS INTERRUPTORES QUE ENCIENDEN EL tumulto en NUESTRA mente y cuerpo.

Así que dentificar los disparadores juega un papel fundamental en convertirte en un ser completo (lo que significa recuperar lo que perdiste de niño), que es nuestra felicidad, nuestras habilidades de comunicación, nuestra capacidad de amar, nuestro ser compasivo, nuestra humanidad. Y todo eso nos hace un SER HUMANO COMPLETO, ENTERO Y PERFECTO.

En conclusión, el viaje de la vida a menudo toma giros inesperados, y como niños, podemos experimentar cambios desde la felicidad y el gozo hasta los desafíos y la decepción.

Estas primeras experiencias moldean nuestros pensamientos y percepciones, los cuales pueden seguir afectándonos como adultos. Sin embargo, a medida que maduramos, debemos reconocer la importancia de asumir la responsabilidad de nuestras vidas.

Los recuerdos y las emociones de nuestro pasado pueden persistir, pero tenemos el poder de dar forma a nuestro presente y futuro. Depende de nosotros enfrentar esos sentimientos y encontrar formas saludables de lidiar con ellos. Como adultos, tenemos la responsabilidad de nutrirnos emocional y mentalmente.

Al reconocer nuestro pasado y su influencia, podemos tomar decisiones conscientes para mejorar nuestro bienestar y nuestras relaciones. Cada día nos presenta una oportunidad para crecer, sanar y crear una vida plena para nosotros mismos.

Aceptar esta responsabilidad nos da el poder de enfrentar los desafíos con resiliencia y forjar un camino hacia la felicidad y la realización.

Recordemos que poseemos la clave de nuestra propia felicidad, y todo comienza con asumir la responsabilidad de nuestras vidas como adultos responsables.

CONCLUSIÓN SOBRE LA HISTORIA DE JOHNNY

"Así que, ahora que soy un adulto," dijo Johnny, "tengo que asumir la responsabilidad de quién soy y cómo me comporto. Es mi deber ser consciente de cómo me trato a mí mismo y a los demás. Esto es lo que soy ahora, y mi comportamiento está en mis manos.

Solo porque a veces pienso que a las personas no les importo, eso no significa que voy a descuidar, ignorar o menospreciar la forma en que me tratan.

En lugar de eso, responderé y actuaré como si realmente les agradara. No puedo saber con certeza si les agrado o no, pero tampoco es mi responsabilidad lo que piensen o sientan. Mi única responsabilidad es mi comportamiento." "Como adulto, me comprometo a comportarme con educación, amabilidad y respeto. Ese es el mensaje que quiero transmitir al mundo, independientemente de cómo los demás respondan."

CONCLUSIÓN SOBRE LA HISTORIA DE LUCY

"Ahora que soy una adulta," dijo Lucy, "reconozco que soy responsable de cómo me trato a mí misma y a los demás. Durante mucho tiempo, he vivido con miedos y dudas que me hicieron sentir pequeña, invisible y sin voz. Pero ahora entiendo que no tengo que permanecer atrapada en esa versión limitada de mí misma.

Hoy sé que tengo el poder de decidir cómo quiero vivir y cómo quiero mostrarme al mundo. No importa si los demás me juzgan o no; lo importante es cómo me veo a mí misma. Elijo actuar con confianza, empatía y apertura.

Quiero que mi mensaje sea claro: soy una persona que se valora, que está dispuesta a conectar genuinamente con los demás y que no permitirá que el miedo dicte su vida. A partir de hoy, decido vivir con autenticidad y convertirme en la mejor versión de mí misma, sin importar cómo los demás respondan.

SOBRE LA AUTORA

LUZ ES UNA MUJER DINÁMICA Y REALIZADA, CUYA TRAYECTORIA VITAL EJEMPLIFICA LA RESILIENCIA, LA DETERMINACIÓN Y EL AMOR INAGOTABLE POR SU FAMILIA. NACIDA EN UN PEQUEÑO PUEBLO, LUZ EMIGRÓ A ESTADOS UNIDOS EN SU ADOLESCENCIA, IMPULSADA POR EL SUEÑO DE FORJAR UN FUTURO MEJOR PARA ELLA Y SUS SERES QUERIDOS. AL ESTABLECERSE EN ATLANTA, GEORGIA, AFRONTÓ LOS DESAFÍOS DE UNA NUEVA CULTURA E IDIOMA CON UNA VALENTÍA INQUEBRANTABLE.

COMO MADRE SOLTERA DE CINCO HIJOS, LUZ COMPAGINÓ LAS EXIGENCIAS DE LA MATERNIDAD CON SUS AMBICIONES EMPRESARIALES. A LO LARGO DE LOS AÑOS, LANZÓ Y DIRIGIÓ CON ÉXITO VARIOS NEGOCIOS PRÓSPEROS, DESDE EL COMERCIO MINORISTA HASTA LA HOSTELERÍA, GANÁNDOSE LA REPUTACIÓN DE SER UNA EMPRESARIA PERSPICAZ E INNOVADORA. SUS EMPRENDIMIENTOS NO SOLO SUSTENTARON A SU FAMILIA, SINO QUE TAMBIÉN SE CONVIRTIERON EN UNA FUENTE DE INSPIRACIÓN PARA SUS HIJOS, QUIENES ADMIRABAN SU ÉTICA DE TRABAJO Y SU DETERMINACIÓN PARA SUPERAR LAS ADVERSIDADES.

A PESAR DE SU APRETADA AGENDA, LUZ SIEMPRE PRIORIZÓ SU ROL DE MADRE Y ABUELA. SU AMOR Y DEDICACIÓN A SU FAMILIA SON LOS PILARES DE SU VIDA. HOY, DISFRUTA PASANDO TIEMPO CON SUS OCHO NIETOS, COMPARTIENDO HISTORIAS DE SU TRAYECTORIA Y COMPARTIENDO LA SABIDURÍA QUE EMANA DE SUS RICAS EXPERIENCIAS.

LA VIDA DE LUZ ES UN TESTIMONIO DE SU RESILIENCIA Y SU FE EN EL PODER DEL TRABAJO DURO Y LA COMUNIDAD. ORGULLOSA RESIDENTE DE ATLANTA, PARTICIPA ACTIVAMENTE EN ORGANIZACIONES LOCALES QUE APOYAN A FAMILIAS INMIGRANTES Y MUJERES EMPRENDEDORAS, OFRECIENDO MENTORÍA Y ORIENTACIÓN A QUIENES ENFRENTAN DESAFÍOS SIMILARES A LOS SUYOS. EL VIAJE DE LUZ SIRVE COMO RECORDATORIO DE QUE CON DETERMINACIÓN, AMOR Y VISIÓN, TODO ES POSIBLE.

DESCUBRE LOS SECRETOS OCULTOS EN EL RESTO DE LA SERIE.

SI LO QUE ACABA DE SUCEDER TE CAUTIVÓ, EL VIAJE NO TERMINA AQUÍ.

SUMÉRGETE EN EL MUNDO DEL MISTERIO, LA ESTRATEGIA Y EL DESCUBRIMIENTO CON EL RESTO DE ESTA INNOVADORA SERIE. CADA ENTREGA TE LLEVA A PROFUNDIZAR EN LAS COMPLEJIDADES DEL ENGAÑO, LA VERDAD Y EL EMPODERAMIENTO.

· LIBRO DOS: DESENTRAÑANDO LA RED DEL ENGAÑO

NAVEGA POR UN MUNDO DE DESINFORMACIÓN Y DOMINA LAS HABILIDADES NECESARIAS PARA DISCERNIR LA REALIDAD DE LA FICCIÓN.

· LIBRO TRES: DECODIFICANDO MOMENTOS DESCONCERTANTES

EXPLORA EL ENFRENTAMIENTO DEFINITIVO ENTRE LA VERDAD Y EL ENGAÑO, EQUIPÁNDOTE CON EL CONOCIMIENTO PARA SUPERAR EL CAOS.

CADA LIBRO SE BASA EN EL ANTERIOR, OFRECIENDO UNA GUÍA COMPLETA PARA VER A TRAVÉS DE LAS ILUSIONES Y OBTENER CLARIDAD EN UN MUNDO CADA VEZ MÁS COMPLEJO.

ÚNETE A LOS MILES DE LECTORES QUE ESTÁN DESVELANDO LA VERDAD, UN LIBRO A LA VEZ.

¡COMPLETA TU COLECCIÓN HOY!

www.izziocity.com
ATLANTA, GA

QUE ACABA DE PASAR?